# 悠悠浯江水

王振漢｜著

# 浯江水長又長
## ──王振漢《悠悠浯江水》

陳慶元

　　金門素有「海濱鄒魯」之稱，意思是說，金門雖然在海濱，但是它文化昌盛的程度，幾乎和孔子的故鄉（魯）、孟子的故鄉（鄒）沒有太大的差別。不過，細細想來，這「海濱鄒魯」名號的由來，卻不始於金門，而是起於廣東的潮州。當然，金門借用一下也無不可，何況金門人文之盛，的確足以當之。不過，近年來福建沿海各市縣幾乎都說他們也是「海濱鄒魯」，進而整個福建也都可以稱為「海濱鄒魯」，這是福建人的自信，作為金門人，我也為此感到高興。但是這樣一來，如果我在文章中再大講我們金門「海濱鄒魯」，恐怕容易讓他人產生誤解：「你們是『鄒魯』，難道我們就不是『鄒魯』嗎？」

　　因此，我在作這篇〈序〉時，還是不直接用「海濱鄒魯」一語為好。

　　我想說的是近十幾年來金門人的寫作。上個世紀九十年代末，葉宗禮從金門給我捎來他的老師洪春柳女士的一本《浯江詩話》。宗禮說，洪老師是金門高中的老師。高中老師出書，難能可貴。這是我的第一反映。後來，「兩門」開始對開，廈門、金門不過一個小時的水路，我去金門的次數多了，認識的鄉親也多了。除了洪春柳老師繼續贈書之外，中學老師送給我書

的還有楊清國（校長）、吳鼎仁、王先正、洪明燦、葉鈞培、陳炳容等等。至於黃奕展，則是小學校長；黃振良，是不折不扣的小學老師。那麼，陳長慶是誰？陳長慶是長春書店的店主；陳延宗又是誰？陳延宗是退伍中校；陳秀竹又是誰？陳秀竹在學校當過教官，退役之後服務於金門國家公園；董群廉又是誰？董群廉是縣政府的公務員；蕭永奇又是誰？蕭永奇是電腦工程師；郭哲銘又是誰？郭哲銘是文化局的課長（課長在大陸的職級就是科員）……這一長串的名單，自然不包括在金門大學任教的江柏偉、唐惠韻、楊天厚博士，因為他們是大學老師，寫書出書理所當然；這個名單也不包括戶籍仍然在金門，而在臺灣發展的一批文化人或準文化人，因為他們現在畢竟生活在「大地方」。據金門縣文化局局長李錫隆介紹，十來年間，金門文化局已經出版了近四百種的書。如果加上不是經由文化局出版的書，加起來不知有多少種？還有一件事情使我感動。去年十一月，我回鄉參加世界金門日，適逢舉辦「三個寫詩的人」新作發表會，一個自然村，同一時期出現三位詩人，每位詩人都出版過不止一部的詩集，真是匪夷所思！

　　金門戶籍人口數，這兩年剛剛突破十萬。太遙遠的不說，自上世紀五十年代以來，戶籍人口一直只有數萬人，最少時還不足五萬！如果以戶籍人口數比作家數，以戶籍人口數比出版的書籍數，作一個統計，按我的觀察，福建沿海諸市縣似乎難以與金門抗衡。如果就作者的身分職業作一個分析，金門作者身分的多樣，民眾參與的廣泛與熱情，恐怕也是獨一無二。

　　振漢也是屬於金門一位平凡而普通的作家（據說曾榮獲金門地區第二屆文藝金像獎散文類銀像獎金像獎缺），長期在國中

教書，也是屬於我上文說的、並非身居大學或者學院的作者那一類。在這之前，振漢已經出版過《金門萬縷情》和《東門傳奇閩南文化之美》兩本著作，這部《悠悠浯江水》已經是他的第三部著作了！我一向主張中小學國文（語文）老師要多動筆寫作，只有體會寫作的甘苦，才能講好課文中的作品，才能上好作文課，才能更好、更有效地指導學生寫作。金門許多國文老師給我們樹立了榜樣。也正為金門的國文老師勤於寫作，他們培養出來的學生寫作能力也就比較強，一代一代往下傳，金門也就可以打造出一個寫作的島嶼、文化的島嶼。

《悠悠浯江水》是作者的一部詩文集。金門本島只有一百三十多平方公里，這樣一個蕞爾小島，自然容納不了大江大河，就是勉強稱為「江」的浯江，其實也就是一條小小的溪流。但是就在這條小小的溪流兩岸周邊，孕育了金門的林木花草生物，孕育了世世代代的金門子子孫孫。浯江水，長又長，從史前文化，到西晉士人南渡流播來到這個小島，到唐代牧馬侯陳淵率眾來此牧馬，到南明東南洲島軍民高舉義旗擁戴魯王朱以海在太武山下抗清……每一個金門人都愛浯江，每一個金門人都熱愛金門這片土地，振漢也不例外。振漢用他的觀察，用他的筆，帶著深切的情感去回顧金門的歷史，去找尋金門早年的記憶，去書寫他所知道的金門一件又一件的事情，去抒發他對金門一點一滴的真愛。浯江水，長悠悠，每一篇詩文都充滿了作者對故鄉的愛。他寫故鄉的花，從一月、二月，寫到十一月、十二月；從蝴蝶蘭、杏花，寫到水仙花。他喜歡磊磊砢砢的花岡岩，喜歡成片的紅樹林，喜歡成雙成對的珍希的古生物鱟，他也喜歡故鄉的番薯。「好吃糖」的描繪，喚起每一個金門人兒時的記憶，讓你頰

齒生香；「鹹粿炸」，俗雅共賞，或是充饑，或是品嚐，經振漢這一提醒，滿口「鹹香鹹香」，頓然口舌生津。

　　我在臺北華納威秀看了一場《星月無盡》的電影，這是一部描寫金門的影片，電影主人公之一是「文史工作者」，不知情者一定覺得很奇怪。我在金門和友人交換名片，常常會看到「文史工作者」或「文史工作室」這樣的字眼。毫不誇張地說，當你走在金門大街小巷，或者在餐廳用餐，一不小心你會碰上一位或者兩三位文史工作者、或者擁有自己文史工作室的鄉親。他們並非什麼大學者，但是他們肯定是金門某一文史問題的專家。一塊碑碣，他會為你詳細地細說它的由來；一種民間信仰，他會給你介紹它的背景和歷史；一把農具，一件戲服，一座古厝，一幢洋房，一座橋樑，他都可以給你講述其年代、質材，以及相關的故事；如果你有興趣，他還可以為你挑出一部族譜，為你解說一姓一族在金門的繁衍生息、變遷、聚散，甚至這一族一姓中名人的逸聞逸事。振漢對金門的文史，也相當的關注，如風獅爺、王爺信仰、東門代天府牌樓、後浦四月十二迓城隍等，都在他的寫作範圍之內。詩文集涉獵的廣泛，可以讓讀者增長不少見識。

　　集中有一篇是記述2011年第五屆兩岸金門籍青少年夏令營活動的文章，這次夏令營由我所在的福建省金門同胞聯誼會主辦，漳州市金門同胞聯誼會協辦。省金聯和漳州市金聯都有相關的報導，但是都沒有振漢寫得這麼詳細。振漢可謂是有心人。看來，振漢不僅關心「文史」，對當前兩岸的往來也很關心。民國四年（1915）金門建縣之前，金門是同安的一個行政區；建縣之後，金門與廈門、同安仍然難分彼此，和閩南各地也難分彼此。陣陣槍炮聲滾過，瞬息間，金門便與廈門、同安及內陸隔絕，超過

五十年的時間，多少人把眼望穿！所幸我們能生活在21世紀，廈門與金門的船隻又可以每天往來，兩岸金門籍青少年夏令營可以在內地和金門輪番舉辦，振漢也有了機會帶領學生來內地參加活動，也有了機會到大陸讀博士學位。我們完全有理由相信，在讀博士期間，振漢往來「兩門」比較頻繁，將來一定會有更多記敘或描述這方面的佳作問世。

振漢還找了部分自拍的照片作為插圖，我看是很有必要的。有些民俗的活動，即便作者筆底可以生花，仍然不能免於抽象。有些民間食品，僅僅靠文字的描述，恐怕也難有令讀者垂涎欲滴的效果。振漢給我影印件文稿的照片是黑白的，正式出版，如果是彩照或部分是彩照，或許更能收到圖文並茂的效果。

這部詩文集共收錄振漢的詩文三十來篇，這些詩文絕大多數都寫得相當不錯，不過，不必諱言，個別文章還需要作點潤飾，稍嫌冗長者，簡約之；過於簡略者，豐滿之。再者，兩岸往來已經非常頻繁，但是數十年的阻隔，遣詞用語、書寫行文的習慣仍然存在差異，在所難免，不必苛求。如果此書要讓內地的多數讀者也能接受，似乎個別篇目還需要略作調整；如果有些篇目僅僅是為了記錄歷史文獻，將來可以另編一部文獻性質的書，畢竟創作和文獻的保存是兩回事。

來中央大學已經四個月，半個月前，水彰說振漢有一部書讓我作序，前陣子的確太忙，有時南下臺南或高雄，當夜還得趕回中壢，因此拖了些時間。期末將至，校內外的事慢慢少了，今天是中大校慶（在臺復辦）五十周年紀念日，除了中午到大講堂前去感受一下氣氛，還是趕緊回到研究室來完成這篇小序。

　　期待《悠悠浯江水》早日出版！（本文為《松風書閣手記》
之一篇）

2012-06-02於中央大學

中文系A2-406

# 目次

## 第貳卷　現代詩

# 悠悠浯江水

　　從傳統樂府練習場邁出，向左走就是浯江溪寬闊的出海口，還來不及抖落一身深邃悠揚的南管迷人魔力的樂音，就被一件件盎然刺眼的綠毯所捧醒，很難不正眼瞧一瞧，潮來潮去，日昇月落，悠悠的浯江水。

　　俯看眼前的江水，早已是看盡歷史興衰、歷盡人事滄桑、洗滌萬古千朝英雄與豪傑的身世，而一首來自江心的潺潺樂音，如琵琶點、挑絲弦時的飄落、如泣如啜、如歌行板……

　　只是悠悠江水撫觸了胸膛四肢，浸濕了腦丘帶暈開了塵封的記憶，吟唱起「春江花月夜」的宮調依然激昂不休，面前這一大片無數人曾經走過的溪口海域與泥灘地，用它與天地歷史同壽的樂音，叫喚我輕挪的腳步、攻擊我不設防的耳朵。這裡有一片青蔥翠綠的植物：紅樹林，和從二億年前就演化成，生物學界視稱牠為活化石的：鱟，以及潮間帶的生物族群。

早年，溯江而上舟楫可達后垵、東洲一帶，溪水汩汩，細石游魚、青蛙水蛇，直視無礙，夾岸倒影垂竹，荇菜參差，上空稀疏枝條交相掩映，偶然可以看到碎花金黃的陽光在水面跳躍追逐，「大橋頭」岸埠，婦人敲捶洗衣，絮語喧鬧話家常，小孩撥水捉蝦嬉戲玩耍，撈到中斑魚，也捉到了童年，一曲流水平沙人家溫馨的「漁家樂」音符盪漾在歡樂的空氣中。

　　來到出海口則是片沙灘地，退潮後潔淨的石英沙灘帶鑽出如米篩的小洞，只見成群的招潮蟹高舉大螯腳，正如拉小提琴般，向你耀武揚威，而你腳步掠過，牠們就像頑皮的鄰家小孩趕忙收起琴來，頃刻又一隻一隻跳出來，向你示威著，讓你不得不投降，就像琵琶曲中「十面埋伏」裡複沓錯綜的旋律。還有在泥灘地悠游的「花跳」，動作敏捷連你都來不及反應，牠們都已消失得無影無蹤，然後你凝定神後，牠們卻在泥灘上，用那精明的眼睛對你傻笑，儼然就是「霸王卸甲」五六ㄨ空管的翻版。

　　這些出海口的天籟樂音亙古以來一再彈奏，和天、和地、和江海、和此處的族類和諧歡唱，就像用鏗鏘悠揚，婉轉清雅、含蓄婉約的南管，充滿了古樂之風的吟唱，震撼了世人的心弦。這裡可以說是整座城中最值得留連徘徊之地了。

　　沒有污染，純粹自然，人與地、魚與林、水與沙灘各有歸屬的音階，偶然間撥弄不對的音位，也未能改變原本和諧的曲調，大自然豈不就是原原本本的按絲弦點挑出它的生命面目。

　　即使人們走進去，在泥灘地捉花跳、在紅樹林間覓尋魚蟹、向大海收割糧食，本就大地藏無盡，取之自然、用之自然、回歸自然。因此，當溪水沒有動植物來維持它的形貌，這座溪等於死亡；當一座城鎮沒有一條溪水來滋養它的心靈，這座城鎮已失去

了靈性，簡直就像琵琶斷了弦，缺了相。

　　尤其近年來浯江溪口紅樹林群居簇擁，刺眼的綠意排沓前來，可是非常的熱鬧又有生氣。

　　「紅樹林」一個飽滿又富含情感的詞兒，是以紅樹科植物為主組成的海洋木本植物群落，因樹幹呈淡紅色而得名。素來被人們譽為忠實「海上衛士」的紅樹林，全身上下都是紅色的，就是花朵也是都是紅色的，它的血液在空氣中氧化也惦記著要化為紅色的魂，好美麗的「紅樹林」！

　　這一大片紅樹林至少有四十年以上的歲月，鬱鬱蔥蔥的綠意好不客氣，肆虐向四方伸展開來，依水而動，隨風而舞，如繁絃急管，如綠色的地毯，鋪在浯江溪的胸前，守護庇佑著這片大自然的天籟地音。

　　有一年，海濱公園施工的時候，一隻白鷺鷥慌忙舞動拍擊著憤怒的翅膀，發出戛！戛！的淒厲聲，像似在喊醒紅樹林趕快逃命，遠方人類的怪手正如火如荼開挖，綠色的地毯被無情的翻捲起來，紅樹林的族類正一寸一寸走向滅亡，即使他們相擁在一起，抱得更緊，誓死守護這一方家園……

　　此時，天空中的白鷺鷥早已急倏飛向綠色地毯的那一端，用那潔白的雙翅來回舞動，裂開尖尖的長喙正式向人類宣戰：凡草木有情，凡物皆有血淚，「上天有好生之德」，高尚偉大的人類！請接受我們卑微的請求，就讓我們有一塊賴以維生的家園，以孳養子孫與許一個希望的未來？

　　只因為紅樹林是個美麗的大花園，請聽！早潮時，海風吹來陣陣的鳴聲與潮音，我們獨特的舞姿，配上玉頸鴉的琴音，就是一幅清新怡人的早晨；晚潮時，浪聲濤裡夾雜著紅樹林的漫步舞

姿，鷺鷥的啁啾，魚蝦跳躍和彈塗魚大腳蟹忙著交際應酬，充滿了一派生機；每當秋冬時，候鳥南遷，這兒便成了鳥類的天堂。

　　無情的怪手，聽到白鷺鷥嚥下最後的一口氣前的嘶喊：不要傷害大自然，要保護自然界這片珍貴的紅樹林，要為我們子孫後代留下一塊乾淨土，要為我們的……白鷺鷥的翅膀僵直了，嘴巴流血了，人類終於被白鷺鷥無畏與不屈服的精神所感動，紅樹林終於被留下了！

　　原來紅樹林由於特殊的生長形態，可以攔截泥沙擴大灘地，也可以保護海灣不受大浪的直接襲擊，具有守護海岸的功能。同時紅樹林提供許多的生物庇護的場所，可以過濾有毒物質及營養貯存，如果紅樹林缺席了，將使得污染物直接排入海中，生存在溪口的生物必遭受波及，影響溪口及潮間帶的生態體系至鉅且深。直如浯江溪的優雅弦音在嗚咽、在殘喘、在淌血，這首曲調彈來已是跌跌撞撞了。

　　但，浯江溪的威脅依然還在，2008年來自大陸外來種植物「互花米草」入侵溪口，不僅改變地形地貌，連帶也影響生物的生存環境。嚴重破壞潮間帶生態樣貌，甚至危及國寶紅樹林的生存，致使魚、蟹、貝、藻等大量生物喪失生長及繁殖的場所，直接衝擊海產資源銳減、航道堵塞、大片紅樹林消失、海水惡濁變劣。受到驚擾的彈塗魚、招潮蟹，在回家途中，卻碰上「互花米草」根部阻擋的窘境，原本沙灘應該毫無障礙，可以豪放瀟灑入洞，現在卻卡到地下莖，動彈不得。自此，在浯江溪口灘地的許多珍貴的紅樹林，現在也因為互花米草侵略，受到驚慌與壓迫。

　　為了保全潮間帶紅樹林的棲地，政府及荒野協會的環保人士不得不以人工方式挖根拔除，再以挖土機挖起深埋，使用抬高水位與

割除合併的方法，綜合物理控制的技術，使「互花米草」的母體光合作用無法順利進行，進而抑制其生長和過度擴散，最終還給浯江溪一個原原本本的面目。

向來被視為潮間帶健全與否，以及環境生態指標的鱟，也難逃脫生命中大運流年的生態劫難。驚惶不安的浯江溪水日夜悲吟，再也傳唱不出悅人的清音，一場生死保衛戰，正如黑雲暴雨襲捲而來。

鱟，比侏儸紀恐龍更早的古生物，其祖先早在四億年前古生代泥盆紀就誕生了，是海底棲性無脊椎動物，當恐龍化石被掃描在考古學家的論文時，鱟卻還能在浯江溪泥灘地悠遊，且被動物學界稱為「灘地上活化石」，又稱做「馬蹄蟹」，承繼其始祖純正的藍色血統，二億年來歷經山崩地裂，滄海桑田，以及改朝易代的興替，卻始終如一，不改初衷。難怪藍色血液提煉出的檢驗試劑是醫界的新寵，美國太空總署也用來檢測火星是否有生物，而有「藍金」的美名。

一則動人的不死傳奇：鱟魚長相奇特，頂盔帶甲，尾巴持著一把皇室騎士的利劍，似軍人的堅貞，卻有著溫馴的心，一生一世出雙入對，愛比石堅，情如鴛鴦。經過十四年的愛情長跑，才具有繁衍後代的能力，鱟妻經常背負著鱟夫，從深海底相互扶持，優游在大海中，最後來到潮間帶，進入高潮線沙地區產下愛情的結晶，完成生命重要的任務。即使遭遇大風駭浪，生活貧賤坎坷，始終不離不棄，潮起潮落，鶼鰈情深，直到海枯石爛，證明了鱟魚生活的水域，是經得起大自然的驗證，也是地球的香格里拉。

就是不小心被抓到，漁夫也知道用紅色的同心繩將我倆緊緊在一起，誓言永不分離。因為只要失去一方，誰也就沒有再

活下去的理由與勇氣。所以，當無知的人類拆散了我們，將遭受「抓鱟公，衰三冬；捉鱟母，敗最久。」愛情之神的懲罰。

多陽光的「鋼盔魚」！多浪漫的「夫妻魚」！

2001年，為了力拼小三通，增建水頭碼頭為商港，築起長長的北堤，而產生凸堤效應，讓海水的空間變小，導致海水走向偏北，濕地的萎縮，沙灘逐漸擴大，灘地遭到掩埋，嚴重破壞整個海域，從此在銀色月光下幽會的戀愛故事，將宣告終結，鱟的家，就這麼給毀了。

在民間流傳的俗諺：「好好鱟，刣到屎那流」這代表還有更多的生態文化價值包含在其中。如果人類不再驚醒生態無價，糟蹋環境與資源，終將自食惡果。

或許你很難想像，但，其實任何動植物都懂得音樂，都會歌唱，只要願意融入牠們的心扉，傾聽牠們的音符，即可以感染到牠們跟人類一樣有著豐富的情感，動人的傳奇！

悠悠浯江水，這條千年古老的樂音，她柔軟於每一個朝代，她走過了千年，見證著一切。只是溪口愈來愈狹小，就如食道被電灼後，痛苦的吞嚥，與顫抖的軀殼，心再也撩拍不了一首完整的曲調。

想起加拿大生態音樂家馬修‧連恩創作「狼」音樂的動機，讓人深刻地啟發對「自然」、「生命」的保育和關懷，也包含了對起因於人類卻怪罪到狼的思考邏輯行為的質問，藉音樂與人性記錄了在原野上被人類大量屠殺的狼群的故事，聆聽之餘，也許不必有這麼多的感慨。

然而，在我們的內心深處，都有一塊值得書寫紀錄與保育的土地：似一句句、一聲聲霹靂而來！

# 故鄉的愛戀

## 執著，是最深的故鄉愛戀

　　結束一場長達三年九個月的惱人文案工作。此時，女友也藉口工作忙，少有聯絡，心中不免憎怨乏味，適逢兩天假期毅然決然返鄉，亟欲徜徉在望不盡的海灘上，尋找日思夜想的朋友。

　　當飛機緩緩下降，綠意刷滿艙外，當下的第一個念頭，就是下飛機後，直接衝向既親切又熟悉的故鄉海灘。沒想到海灘上早有鄰居好友，一群人赤足走在淺灘上，兩眼掃射水中飄來的生物，原來他們又再尋覓日漸絕跡的「幼鱟」。雖然，發現到的只是「幼鱟」的屍體，但一樣引起一陣驚慌，大伙兒手忙腳亂，小心翼翼撈起放入已準備妥當的安置箱裡，幾十個人盈盈笑臉，就像一朵朵綻開的玫瑰。

　　猶記得，早年寒暑假期間大海就是我的家，每天除三餐之外，就是約三五好友往村前的海灘遛海、嬉戲，追逐浪花、抓小蝦、捉泥鰍，從中認知了不少的海中的生物，學校的生物課就是我的最愛，也是追分的高手，一切都拜村前這一片海域所賜予。

　　我所住的村莊，後豐港位在島中的西南，依勢面海，避風效果良好，不遠處海中有一條深而急的海流，再來就是一大片如月

眉般地海灘潮間帶，日升日落，潮漲潮退，祖先就是靠這一大片海田漁撈、農耕兩業，養活了族人，也安居樂業，繁衍後代。

在一片美麗的潮間帶，生物種類繁多，除了白鷺鷥、海藻、招潮蟹、和尚蟹、石蚵、水母、海蜇、寄居蟹、彈塗魚、蛤、蚊蠅、貝類、蝦蟹、海菜之外，最重要的就是鱟了，這也成為附近村民的經濟來源之一。

記憶影像潑灑了無數的鹹鹹海水的味道，竟日追逐鱟、螺、貝、海菜之間，也成為假日的功課之一。這一段青少年的歲月，隨著升學的壓力，慢慢變成手握書本坐在海堤或踱步沙灘，努力背誦單字和課文的日子，偶而眺望遠方，嘴角也才會上揚發出會心的一笑。但腦海中時時刻刻無不是海的味道，也經常伴隨我入夢。

尤其遠離家鄉，負笈在外，不知多少驟風雨夜在夢裡翻攪，曾經遛海、觀潮、聽濤聲……而海風低吟的情景依稀可見，和三五好友在沙地上作畫、撿拾幼鱟的屍體、貝類的空殼，將幼鱟做成標本，將貝殼串成條條的項鍊，分送給死黨朋友，也分享大海的胸懷與無私；也曾因為海浪的潮水聲，讓我驚醒，是否故鄉的海在輕喚我，提醒我該是回鄉的時候……因此，平常只要有關家鄉的字眼，即使是「海」「貝類」「鱟」單一的聲音影像文字，都讓我眼睛為之觸電，內心也怦怦然跳動起來，一股沸血熱騰隨著血壓升高，竟也激動了起來。原來家鄉的絲線，永遠牽著遊子的心情。

## 是鱟的死亡，讓我轉變

想起村前的潮間灘地是珍貴的生態資源，有著活化石之稱的鱟繁殖的自然棲地，心中就覺得很驕傲。

　　「水頭鱟，古崗臭」，這是一句流傳在金門島的老諺語，說明出位於金門水頭、後豐港一帶的平靜海灣與潮間帶中，最獨具特色的生物便是鱟，這裡也是金門縣內鱟最主要、最良好的自然棲地。從書上資料得知，鱟是海洋底棲性無脊椎動物，屬節肢動物門，肢口綱，劍尾目，又稱做「馬蹄蟹」。出現年代可推至四億年前，從二億年前演化成這副模樣，再也沒什麼改變過，生物學界視牠為活化石。鱟在血緣上與蜘蛛和蠍子等陸地節肢動物較為接近，牠們平時生存在淺海海床上，以軟體動物、生物碎屑、藻類為食，只有交配、產卵時，才會爬上灘地進行交配。由於它的外殼堅硬，黑黑圓圓，裡面中空，外形像鋼盔，遠遠看來就像是兩頂鋼盔在走路似的，就叫牠「鋼盔魚」；牠的家庭型態，鱟只要歸屬一個伴侶就終生不仳離，也不會另外去找其牠的伴侶，也因為產卵期間，成年的鱟都是成雙成對的，母的在前，公的在後，有人也稱牠「鴛鴦魚」。

　　原本，鱟的分佈相當寬泛，臺灣西部海域也能見到，但隨著海洋的污染與海岸的建設，造成鱟的食物與棲地的消失，鱟在臺灣幾乎已難於發現，但是，金門在戰地戒嚴半世紀之久，灘地保存良好，尤其家鄉村前一帶的海域，更是鱟的生長棲地。

　　2000年金馬小三通正式啟步，隨著兩岸的突破，旅客逐年增加，舊有碼頭已不敷使用，政府遂有擴大建築水頭商港計畫，計畫建築北堤、西堤攬沙，以土石填平，且將外海已有四百多年歷史的蚵田一一拔除，就此自祖先以來的海產全毀於一旦，全村賴以生存的經濟來源也告中斷。從親友傳來的壞消息，令我震撼，也讓我不敢置信，直呼不可能，但從新聞報導傳來「鱟」的死亡畫面，又不得不令人相信。

填掉原有自然海洋生態，打造人工生態景觀公園，無異大開保育的倒車。現代生態保育與傳統維護已成為球保育重要方針，開闢了一個商港，卻得賠上破壞生態、傳統的國際形象，這真箇是愚蠢之舉。

當下，拋下手邊的工作，趕回家鄉和村人一起抗議與陳情，製作海報，分送各家戶，一連三天三夜在潮間灘地示威抗議，訴求村民的意願，向縣政府發出怒火，不斷投書陳情，然而始終沒有人理會我們。原來縣政府的一紙命令，毋庸溝通協調，只願賠償蚵田部分的損失，其他免談。可悲阿！政府？

眼光遠大的縣政府，從兩岸來往的客輪，似乎就已經看準未來的潛力，他們永遠算準不會大三通，也忘記春節包機模式可能擴大，誰還需要乘船、搭車、轉機來往兩岸的金門一條龍模式。當人潮退卻，商機不再，一個巨大的碼頭，可能又是數年後的閒置公共工程，但是生態破壞已經難挽回，嚴重衝擊成鱟的產卵場與稚鱟的孵育棲地，野生的「鱟」族群連年銳減，商港的建設無疑是造成村前潮間帶消失的兇手。

## 人有夢想，但鱟不會作夢

村民失去了這片海域，如同失去世世代代賴以生存和豐衣足食的飯碗。

在鱟、水獺、與考古遺址種種生態與傳統的事物見證下，都無法阻擋開發的巨輪，在無力可回天之下，我們發起成立了保育生態協會，將意志化為行動，誓言要保護這一塊賴以生存的生態環境，做好保護計畫與守則，每天輪班派人巡守。

　　不久，傳來好消息，因為建港帶來環境衝擊，引起長期研究金門鱟群繁衍，目前是中研院生物多樣性研究中心研究員陳章波和保育人士的關切，金門縣政府請來學者背書設計，想出絕妙好點子──叫做「移地復育」，幫鱟遷村，以利後豐港水域工程進行，移地復育效率之高，目前建設無出其右。因此於1999年底在古寧頭設立國內首座「鱟」保育區。當年年底並公告古寧頭潮間帶800公頃海域為全國唯一的鱟保育區，實施禁捕至今。

　　但是，我們不相信，協會要為「鱟」請命，金門的鱟自古在後豐港一帶孕育出現最多，根據我們協會實地勘查結果也是如此，反觀古寧頭一帶雖被列為保育區卻少發現鱟的身影，當初成立保育區所放流的鱟已逐漸減少，每年五月是鱟逐漸出現的月份，但卻未在古寧頭發現稚鱟。

　　而後豐港一帶潮間帶生物豐富且多量，古寧頭一帶除大量石蚵以外其他生物出現較少，生物種類不及後豐港一帶多樣化，從鱟的食物來源這點看來，後豐港更適合鱟生存；再且金門東北勁風強烈，古寧頭位於首衝之地，協會實地踏查時前往古寧頭，就感受到一股強勁的風煞，這風煞使稚鱟難以生存。

　　最後，後豐港一帶潮間帶土質較適合鱟的生存，由實驗發現後豐港含泥比量高，微酸的土質產生大量的生物，更適宜鱟族的生存。

## 守鱟，鐫刻一場人生的不悔

　　眼見海堤工程一一完成，海水改道造成大量的泥沙在海底覆蓋，以往海灘上是滿滿的綠色海藻，現在變成稀稀落落，具有

百年歷史的外海石蚵田也早已吞蝕海底永不復見，「幼鱟」屍體隨海水無目的漂流，貝類早已驚慌逃竄，就是海水也不再溫柔可親，生態浩劫，傳承世代賴以生存的漁業，已經走到盡頭。

　　村內百年古宅，訴說著段段輝煌的開發歷史，打造出後豐港族人聚落的世代繁榮景象。面臨著重大危機，全村人一下子不知如何面對這個劇變。唯有積極、執著參與社區營造工作，瞭解故鄉的生態價值與意義，奮身投入環境保護運動，守候故鄉的海洋，成為一位守鱟之人，因此大聲疾呼鄉土保育人士成立國內首支「鱟」巡守隊，中研院研究員陳章波先生甚至跨海聲援，期待為「鱟」的故鄉保留一線生機。

　　每逢六月至九月是鱟的繁殖季節，隊員輪班到灘地上，觀察紀錄鱟的生態，熟悉鱟在繁殖時的生物行為，認識鱟的生態，確定潮間灘地保存的重要，為灘地保存繼續奔走、奮戰！

　　雖然，我工作在外，只要一有長假或休假，定當返鄉投入守「鱟」的隊伍中，但是推動生態保育觀念與活動甚為不易，除了觀念不普及，加上傳統人情的世故，常常是遭受批評、指責做得不夠好，隊員不禁發出怨言：「真是多做多人嫌。」這難免充滿無力之感，但既已深陷泥淖中，也不得不勇敢向前做一個過河卒子。面對未來一方面持續推動保育協會的宗旨，不斷投書陳情外，更要以行動研究精神落實利用週休二日或寒暑假期間，舉辦導覽活動，推動保育工作。用自力的方式，邀請各方人士到社區參訪，想將生態的美，介紹給大家認識。

　　您知道在鱟的繁殖期間，整片灘地就像一座生態教室，珍貴稀少的鱟，在灘地上一一上演。

　　偶爾發現一隻受困的公鱟，引來學員的目光，協會成員熟稔

的解困地，叫「好」聲連連，一片如雷的掌聲在海天盪漾。透過實地觀察，讓學員親身接觸鱟的生態，點燃心靈內保育的火苗，也希望透過社區營造推動的力量，提供鱟的解說服務，重視生態保育，提升在地認同的情感，激發社區意識，共同為家鄉這座生態教室而努力。

如今填平灘地的工程依然進行著，協會成員仍然用著微薄之力守候鄉土，對協會成員而言，生態無價，故鄉更是不能背離。在金門後豐港，一群守鱟人青春不悔，巡守沙灘，守候著家鄉的海洋，守候著希望的未來。有誰瞭解每一個穩健的步履後，那種沉重難捨的心情？

兩天巡守的日子，倏忽即至，回首眼前這一大片既親切又熟悉的海灘，內心一股股甸甸實實的感覺，就如腳下徘徊拍打的浪潮在親吻、傾訴，似乎不斷告訴我一定要再回來喔！會的，我的朋友，我一定會回來。只因為執著，是最深的故鄉愛戀。

打開關機兩天的手機，女友塞爆的未接來電和簡訊，已在我的瞳孔裡逐漸擴大模糊，而日思夜想的朋友已然在呼喚……

# 屬於那個年代的歌詞

　　民國三十八（一九四九）年大陸板蕩、山河色變，國軍退守金門臺澎，從此在反共聖戰的舞臺上金門成為不可或缺的一員。所謂：「無金馬即無臺澎，有臺澎便有大陸。」金門因為地理上與大陸有海疆衣帶的關係，位置更具險要，儼然成為中華民國反攻大陸的要角與跳板，更是後方臺、澎的屏障，也阻絕共產餘毒勢力的氾濫，間接維護西太平洋鄰國的安全。

　　在這種因緣之下金門自然躍升為軍事與政治作戰的前線，於是宣布戒嚴，整軍備戰，實施戰地政務，且在最高統帥的「三分軍事，七分政治」的指示下，組織民防自衛隊，採軍政警民合一體制，村村成為自衛戰鬥村、人人成為自衛戰鬥員。將武力深藏於民間，並加強老百姓的軍事與政治思想教育，這一切無非是為了保鄉衛國、殺朱拔毛、反攻大陸與解救苦難的大陸同胞的大纛而奮戰。

　　一切在反攻大陸的前提下，在那個年代為配合反共的聖戰，透過用教育的手段達成鞏固愛國忠貞思想的政治目的。戰地政務時期地區的各個學校裡，由老師編寫反共愛國歌曲，利用晨間教唱，升旗過後，全校師生就教唱愛國反共歌曲，各班老師帶領學生歌唱並繞行學校操場後，再行出發繞行學校邊的村落，行進間一面高聲歌唱，一面高舉右手，作聲作勢企圖用歌聲激發師生的

愛國意識，希望在小小的心靈中種下愛國的幼苗。譬如何浦國小前校長吳世泰先生，就曾親身教唱並帶領全師生高唱愛國歌曲。位於西浦頭四十號的錦浦國小，當時的李贊發校長（同安人）後擔任文教科股長，早自習期間也帶領著全校師高唱反共愛國歌曲繞行西浦頭全村。

　　以下是當時全縣師生教唱某老師編寫的歌詞：

> 殺人放火共產黨，無天無理毛澤東，
> 子告老父夫告某，無年無節無祖宗，
> 生在有錢人子女，生意稅重氣阿死，
> 讀書人是走不離，送入勞動拖阿死，
> 窮人抓去擔槍子，兩日一頓餓阿死。

　　本歌詞內容直述國共對峙充滿火藥味，其中一方極盡醜化詆毀之能事，以達宣傳並警示之目的，千萬莫落入敵人之手，否則處境悲慘只有一死罷了！藉諸這首愛國歌曲以加強師生們仇共的意識，強化反共的信心，激發愛國的意志，也在此因緣之下留下這首反共的愛國歌曲。如今回首起來，頗有恍如隔世之感。

　　除此，參加民防自衛隊的男女自衛隊員亦有反共愛國歌曲的教唱。譬如〈東江水在流〉的歌詞：

> 東江水在流，西江水在流，南江水在流，閩江水在流。
> 流啊流啊流，阿哈！流啊流啊流，阿哈！流到南邊大海頭。
> 南海水呀！南海水呀！
> 東江在怒號，西江在怒號，北江也在怒號，閩江也在怒號。

五千年的義舉，……，五千年的……

勝利在金門，勝利在臺灣，我們要打回大陸，我們要打回
大陸。

　　這首歌詞曾出現在沙美地區女自衛隊中的愛國歌曲，當時有
三十幾位婦女自衛隊員，每當集訓時就要教唱的歌曲之一，歌詞
採用類疊排比手法，以東西南北之江河形成反覆重沓之力量，藉
諸江流之怒號，訴說山河已不能容忍，暗喻遍地同胞正受苦難，
正待我方去解救。只可惜歌詞已殘缺不全，希望知道的讀者能將
歌詞補齊。

　　另有一首〈保衛大臺灣〉，歌詞如下：

保衛大臺灣，保衛大臺灣，
保衛您們自身的勝利，保衛您們自身的路呀！
反正已經全體動員，只有奮戰勇敢向前，
打倒蘇聯想到家，我們都準備好了，只有勇敢向前。
打倒共匪想到家，我們都準備好了，只有勇敢向前。

　　本歌詞不離一般重沓反覆及類疊的創作形式，利於背誦記憶
歌唱以達到宣傳效果，又能鼓舞人心，形成共識，為國家生存而
奮戰。

　　隨著兩岸情勢變化，在開放觀光暨自由行或文化、宗教交流
之際，老成亦已凋謝，桑田滄海，時異人遷。這一首首曾經在金
門歷史舞臺出現的歌詞，若不記載下來，恐怕也將如大江東去，
浪淘盡，窅然化為雲煙不知處。或作歷史文獻與見證，或作某一

時代的波瀾與激情，而在中國歷代以來合久必分，分久必合，分分合合，合合分分的歷史宿命規律下，漢賊不兩立，不共戴天之悲情似乎在人類追求和平與大愛之下，有了更寬容的詮釋。

　　但願記起慘痛教訓，以史為鑑，戰爭不再，悲情遠離，共同走上和平安樂幸福的大同之道。

# 「好吃糖」的滋味

　　說起「古早味」好吃糖的歷史，也不知從何年代開始，只知道當時金門後浦有三家：一家是南門的許永成，是本地人傳授給許永成的，後來傳授者遷徙至臺灣。第二家是南門憨番，維持不久後就收攤了。第三家是外地來的，年老時住進安老院，後來也往生了。目前只剩許老先生這一攤了。

　　好吃糖的材料不外：大白砂糖、花生粉、芝麻、麥芽等，經過煮沸溶解成糊狀後再行冷卻即可。從以前用火炭、木柴為燃料，如今改為瓦斯製作過程也就簡便多了。

　　首先將大白糖煮成糖漿，隨後放入同額的麥芽糖，以中火慢煮，將麥芽糖煮沸並融入糖漿中，主要是不讓糖漿太甜。在煮沸過中，必須一面攪拌以免產生焦味，約十五至二十分鐘煮沸中，待至糖漿滾動後，自然就有糖味飄散出來，並隨即舀取些許滾燙的糖漿置入冷水冷卻後，以拇指和中指揉搓測試其黏稠度，一直測試到如桂圓肉般的軟硬度時，再將手指上測試的糖糊糰丟入冷水中，如果掉入水中聽到結實的落水聲音，這就表示糖漿已煮好了。

　　此時的好吃糖，要注意如果是夏天就要求稍硬，而冬天就必須要稍有軟度，以適應天氣的冷熱溫度，以利於販賣的方便。測試完成後就可熄火，並將糖水倒入早已在桶底抹上一層油的「大腳桶」中，經過一小時左右冷卻後，好吃糖已出現雛形，在糖漿

逐漸冷卻中時，就可適時約量灑入花生粉，並加以推揉翻拌至花生粉已均勻分配入糖糊中，這道過程可說是一種功夫，好吃糖香不香就看這一門道。

當糖糊糰慢慢冷卻成黃色透明狀時，也可很明顯看到分布均勻的花生粉，此時就可從大腳桶中，抓起適量的糖糊糰，將一頭放置在固定的柱仔上，然後雙手並用，開始拉糖糊糰，將拉長的糖糊糰再繞回在固定的柱仔上，再用雙手來回拉長，如此反覆數十回，就可看見原來是成褐色的糖糊糰，經過一次次來回的拉拌往返，只見原來的糖糊糰逐漸變成銀白色，銀白色的糖糊糰不時泛著銳眼的光澤，這時銀白色澤大量出現後，好吃糖就成型了。

在來回拉好吃糖時，由於它的黏稠度和Q度隨著每一次的來回拉拌的力道，欲顯得吃力，雙手使力時不是熟手根本拉不動，這時只見阿伯也有些喘氣聲息，甚且流下汗水來，想來好吃糖也不是一件好賺吃的行業。

拉拌好的好吃糖隨即放在已準備妥當的塑膠紙上面，然後將好吃糖拉成長條狀再以螺旋的方向繞成圓形狀，包好塑膠帶，放置冷卻，即大功告成。

昔時，除了務農之餘，每天傍晚就要忙著準備明早要賣的素材，以便隔天能兜售。好吃糖在大熱天不容易作，只有在風霜天好作，生意也較好。一年中以農曆九月至隔年的三月為製作期，一旦南風吹起，天氣暖和就不能製作，因為好吃糖很快受熱或溫度而軟化黏在一起，顧客就不喜歡買了。

賣好吃糖這一特殊的傳統小吃行業，那最特殊的工具，就屬「好吃糖刀」和「鐵打鎚」。當有顧客上門買好吃糖，阿伯確定顧客的要買錢數，隨著左手虎口握著「好吃糖刀」，刀鋒對著一

大塊成型的好吃糖的約略一小部分，右手拿起「鐵打槌」往「好吃糖刀」上方「卡」幾下。這一片片的好吃糖就出現了，裝入塑膠袋交給顧客就算買賣完成了。光憑阿伯這「卡」「卡」的動作，就「卡」起人們無限思古之幽情，好似又回到那盈滿期望、溫馨歡樂的童年。

一片片銀白色且充滿期待的好吃糖，含在口中，舌尖生津，就不再具有黏牙性，咀嚼中帶有綿密感的好吃糖，不甜膩又有一股花生的香味跳躍在唇齒之間，寧願在舌尖反覆打轉，也才甘心滿願嚥入喉嚨，經過食道，服服貼貼躺在肚胃中。在早年物資缺乏，細秀不足的年代，好吃糖確實是一種幸福快樂的享受，也為實填滿了無數年少心中的慾望與滿足。

而麥芽糖必須再加大白糖經煮沸後才不會太黏，至於甜糜早在五年前就不賣了，因為，金城的小孩變少了，加上外來五花十色食品大舉入侵，各種超市連鎖紛紛設立，幾乎已經沒人再想吃三、五元一碗新臺幣的甜糜了。然而這一切

的一切往事，也只能徒留餘味與回憶了！

　　阿伯從挑著兩個籮筐到處兜售好吃糖，到今天推著兩輪人力手拉車，雖然一樣賣著好吃糖，但還是要靠著勇健的雙腳。從以前全日到現在半日兜售，走遍後浦的大街與小巷；從以前舊家到今天的安和新家，依然是不變的路線。如果當次比較沒生意，就會推著手推車到金城新莊和富康新村兜售，再繞到地方法院、安老院、鳳翔社區，將回收物資賣給回收站。再沿著華僑之家、回安和社區家。這段路程就必須多繞半個小時左右。

　　阿伯還是每天衣著簡樸、和藹誠懇、勤勞從事、步履穩健推著手推車出門，不時敲擊著陪伴阿伯五十多年來形影不離的好助手——「好吃糖刀」、「鐵打槌」伴隨著至死不逾的清脆旋律「鏗」！「鏗」！「鏗！鏗」的響聲，沿著熟悉的老路線步步踏實兜售自始至終永不改變的古早滋味「好吃糖」。

　　「好吃糖」曾經喚醒多少人的童年，喚醒那綺麗又充滿期待的回憶，尤其那「鏗」！「鏗」！「鏗！鏗」像久違的老友在呼喚似的叫賣聲響，是許多人兒時最熟悉又親切的旋律。

# 口齒留香「鹹粿炸」

　　提起鹹粿炸對本地金門人來說，已經成為家喻戶曉，人盡皆知，遠近馳名道地的在地美食小吃了。吃法也可說百百種，或純當早點、或當早點稀飯的佐料、或配以茶水當上、下午的點心，無不稱心如意，家鄉人就是喜愛享受那口齒留香的滋味。

　　金門炸鹹粿炸的小吃攤民國以來金城有兩家：一家在后浦南門城隍廟附近，現已不知去向；一家就在金城莒光路貞節牌坊邊，店名永寬，就是取用現任老板父親的名字。

　　據翁老板說其祖先從金寧頂堡移徙后浦東門定居，在祖父這一代利用農閒時間，將家中年節所製作的鹹粿，切成厚薄適中、大小如一的鹹粿片放入熱鍋鼎中煎熟，一方面可供全家大小的點心之用，二方面也不致於糟蹋食物。經煎熟後的鹹粿外酥內實，嚐起來感覺有一道清香，吃在嘴裡不油不膩，香氣四溢，咀嚼在口中別有一分滋味。

　　起初只是當家人的平常點心，或充當從事農務田間休息的小點心。有一年，農暇之餘，其祖父走到後浦最熱鬧的市集，只見人來人往，好不熱鬧，環繞觀音亭兩旁、石牌坊、巴剎、糟水溝兩旁擺滿了來自各村里的攤販，除了日常民生百貨外，賣魚蝦、雞豬、青菜蔬果佔滿巷道街口，也有賣早點像花生湯、馬花炸、油條、鹹稀飯、蚵阿麵線、包子饅頭，另外有燒食賣、水餃、鍋

貼、肉粽、春餅、扁食、滷仔麵、蚵阿煎、馬蹄酥、豆沙餅、卡
車餅、燒餅、蚵嗲、好吃糖、豆花，還有捏麵人、茶間、剃頭
間、金紙店等等，真是五花十色，應有盡有。當下心理有點悸
動，不如也來湊一腳，於是就想起賣鹹粿炸的念頭，隔天準備了
傢伙工具，先在觀音亭的拜亭邊設攤。因觀音亭是一座古剎，香
火鼎盛，善男信女、香客來自四方，可能聞香而來，不愁沒有生
意，就這樣賣起鹹粿炸來。

　　在觀音亭邊擺攤維生，早先鹹粿並不是用「油炸」的，而
是放在鼎中用油煎成的。起初生意普普，偶爾也顯得清淡些。原
來當時鄉人在年節時分炊粿綁粽，到處皆是，拜完神明祖先後，
鄉人聰明得很將剩下的一大堆祭品，除飯菜外，還有堆積如小山
的甜粿、鹹粿、膨阿粿等，一一將它們切片，或煎鹹粿，或煎甜
粿，或煮成甜粿湯，作為全家人的小點心享用，有的將膨阿粿切
片晒乾後便於保存食用。說真箇的自己家中一時都享用不完，怎
可再去買呢？所以賣鹹粿炸也只是業餘農暇之事，談不上貼補家
計，不把它當為主業就是了。

　　倏忽歲月炸鹹粿雖不是什麼賺錢行業，但已在後浦慢慢傳
開，鄉人多少也知曉觀音亭邊有一擔賣鹹粿炸的攤販。對進入後
浦城辦事的鄉人來說，除了享受後浦的道地美食之外，偶爾買些
小點心嚐鮮也是所在多有，再且價錢低廉，買個鹹粿炸充充飢也
大有人在。

　　雖然小本生意不一定賺到錢，但越做就越有興趣。後來考
慮下雨颱風，西曬東曝，頗為不便，興起租店面較能永久。就在
石坊邊向王姓屋主賃屋，也為了使鹹粿炸能讓顧客接受，於是就
嚐試用熱油炸，果真經過熱油炸過後的鹹粿炸，又香又酥，比往

切成厚薄適中、大小如一的鹹粿片　　　翁老板炸鹹粿的神情

昔用煎的風味自然不同。後來又搬到斜對面，最後再搬到左對面原經營泡茶間（原陳憨溪經營）的現址，店面是向許姓屋主租賃的，現在已經是到第四代的老板了。

　　瞧瞧現在的店面，是一幢西式二層樓建築，二樓採凹壽建築，原本左手懸掛籃底紅字的永寬的直立招牌，也不知在什麼時候不見了，而門楣上橫幅的招牌在油煙故意的薰陶下也退隱多年，甚而被鐵捲門所取代。但是店裡的一口爐灶、一把爐火、幾桶油、一枝帶著歲月年齡的切刀，及始終不變的鹹粿炸原料，還有一籠籠等待下鍋變身的鹹粿，竟也撐起小吃的天地來。不怕你找不到，只怕你會聞香而來。

　　雖然現在鹹粿炸已成為鄉人日常的道地小點心之一，但嚐在嘴裡那酥香可口的味道又是怎麼來的呢？

　　永寬鹹粿炸的材料是取用在來米經浸泡研磨後，再加入適當比率的芋頭攪碎成泥狀，然後將兩者混合攪拌均勻成稠狀，再加入適量的胡椒、粗鹽、味素攪拌，就可倒入備妥的蒸籠，送至灶上蒸熟，大約需要一炷香的時間，待冷卻後帶有灰白顏色的就是

口齒留香的鹹粿炸　　　　　　炸鹹粿的竅門——灶門

炸鹹粿的成品。一大早將一蒸籠一蒸籠的鹹粿從家中廚房載至莒光路的店裡，開始一天炸鹹粿的生活。

　　首先要熱爐灶，使鼎中的油逐漸加溫加熱，經眼睛一瞧，腦子一判斷，老板不慌不忙將已切成大小形狀如一，厚薄相等的鹹粿一一放入油鼎中，只見滾滾的熱油將每一塊入鼎的鹹粿熱情包裹著，死命擁抱著，就在此時老板已將緊抱在一起的鹹粿和熱油，無情的分開，讓每塊鹹粿能公平受到熱油的照顧。說時遲那時快，老板以迅雷不及掩耳將它們一起撈上瀝油網上，只見一臉笑意，身穿著酥黃衣服的鹹粿炸，舒舒服服躺在那兒，等待顧客的光臨。

　　「老板！買三十塊，老板我的五十塊。」顧客上門了。老板老神在在，一句話都不回，早已抓起將剛炸好的鹹粿，熟稔地用剪刀將適量的鹹粿剪成不規則狀，一一放入油鼎中，又是一陣滾滾熱油在跳躍著。這時，老板一手伸入灶口將部分柴火移出，順便將竅門灶門半掩，順手撈起已帶點焦酥的三角塊狀鹹粿，倒入準備好的紙袋中，加入一小包自家獨門調配的佐料，遞給顧客，

找了錢再度完成每天的工作。

　　這麼簡單的工作，任誰看了也直呼不夠如此吧了！現切現炸誰都會，但就火候溫度這一項可考倒許多人，如果沒有傳承，沒有數十年的累積的經驗，從失敗中學習，領會其竅門所在，又如何經營下去！

　　每天早上七點前老板已準備就緒，等待顧客上門，到十點左右打烊；下午兩點後又開門營業，直至傍晚時分休息，難得春節期間休息四、五天。老板早年還利用打烊時間從事農務，或做小工以貼補家用。近年身體已步入耳順之年不得已只好將農作放棄，專心賣鹹粿炸了。

　　觀光客不太會買鹹粿炸大都認為是臺灣的蘿蔔糕，主要消費群還是以金門人為主，少部分機關團體開會早餐訂購。即便臺灣觀光客認為鹹粿就像臺灣的菜頭粿、蘿蔔糕一樣，大陸則稱菜粿、或米豆腐。其實加蘿蔔就稱蘿蔔糕，加菜則稱菜粿，而金門則不加蘿蔔或菜類，很多觀光客都將其渾為一談，臺灣的則淡而無味較難入口，且外形體積較大，但是金門的鹹粿炸就是有金門獨特的風味，任誰也搶不走，金門人就是喜歡。

　　永寬鹹粿炸歷經三代歲月時光的傳承，價錢從新臺幣五角到今天的五元，口味百年來始終不變。鹹粿炸那香酥的味道，燙又不燙的味蕾，確實伴隨著無數鄉人一起生活，即便遠離金門的鄉親遊子們，偶爾不經意想起故鄉金門的小吃，鹹粿炸那口齒留香的口味，委實令人懷念，甚或魂牽與夢縈！

# 護蔣神兵、官邸歲月

　　「兩蔣即將移靈國軍五指山公墓，首次舉行的國葬到底是如何進行？……在奉安典禮儀節方面，舉靈人員原本要由兩蔣總統時代的侍衛人員擔任，但因這些侍衛均已衰老，因此起靈之棺改由三軍儀隊抬起、執行覆蓋國旗、國民黨旗動作，並宣讀頌詞。」這是幾年前某報的報導。即使兩蔣移靈國軍五指山公墓至今遲遲未進行，這消息已經令曾擔任過老蔣侍衛的朋友勾起了昔日在老蔣身旁的點點滴滴……尤其每當清明時節「先生」逝世紀年日，在紛紛雨絲中，難免會追念起與「先生」在官邸的日子。

　　國人眼中神秘且不易親近的禁地──士林官邸。經過四十六年的嚴密護衛的歲月後，在一波波民主開放的潮流氛圍下，士林官邸終於在民國八十五年八月，被陳水扁市長收回，對外開放，而成為國人平日的遊憩之所。

　　金門第三士校回想民國三十八年，臺灣省政府在日據時代做為總督府園藝支所的用地興建了外賓招待所。國民政府撤退移入臺灣前夕，即由當時的省主席陳誠受命遴選此地為總統官邸地點，實因園藝之所為福山山系三面所環抱，先天上具安全隱蔽性，加上環境清幽，山明水秀且交通便利之故。

　　士林官邸於民國三十八年興建，至隔年年初落成，三十九年五月先總統　蔣公正式徙居官邸（公館），直至民國六十四年病逝，

在士林官邸整整度過二十六年叱咤風雲、縱橫捭闔的春秋歲月。

國防部早就將此地劃入大直要塞的軍事管制區;士林官邸樸素無華的外觀,卻曾招待過許多國際名人貴賓;包括美國國務卿杜勒斯、魯克斯及參謀總長雷得將軍等政要名流。

在兩蔣時代總統府的侍衛隊成員大都由金門子弟擔任,而侍衛隊的來源是金門的第三士校。第三士校,是陸軍司令部在民國五十四年於前線金門所成立的,專收金門在地子弟接受軍事與養成訓練的一所軍事士官學校。

當年第一期共招收有第一中隊:二十八至三十五歲;第二中隊:二十四歲至二十七歲;第三中隊:十八至二十三歲;以及十四至十七歲的第四中隊,總計招了收四百多位金門子弟入伍。

金門第三士校剛成立的時候,一切軍事訓練設施並不完備充實,校長張榮森先生決定暫時把四百多位學生送到臺南第八新兵訓練中心代為受訓。

臺南的新兵訓練中心是在訓練國軍剛入伍的新兵,能代訓金門第三士校新兵,感覺非常光榮,對我們金門子弟待遇很優渥,訓練中心指揮官規定凡營區各部隊新兵遇到來自金門第三士校的學生都要執手敬禮,使我們備感光榮,但是我們也不負訓練中心指揮官所期望的,因為金門子弟沒有別的優勢,只有強壯的身體、忠貞愛國的心而已。

那個時候新兵左邊袖章是佩帶第三士校校徽,右袖則佩帶學生領章。

有一次在臺南的烏山頭行軍,原是第一中隊到新兵訓練中心則編為第一營至第四營,在訓練期間身為第三士校第一期的金門子弟兵感受到訓練中心的細心照顧。當時金門子弟兵最高年齡

三十七歲最低年齡十三、十四歲，但是每一個人都很勇敢、有毅力，肯吃苦，肯幹實幹，行軍三天三夜除了吃飯外，三天三夜不休息、不睡覺，吃完飯後馬上繼續走下去，經過三天三夜的行軍後要回到營區訓練中心來，我們四個營的金門子弟是用踢正步的步履回到營區，當時指揮官認為金門子弟真的不簡單，從沒有看過新兵訓練中心的任何一期新兵，在經過連續三天三夜的行軍後還能踢正步進入營區，新兵訓練中心的指揮官被金門子弟的堅毅的精神所感動，金門子弟的表現實在難能可貴，可圈可點，這種浴火重生的光榮比臺灣任何一個年輕新兵更堅毅、更勇敢，真是金門人的光榮。

## 一百零八條好漢

經三個月的密集軍事訓練，結訓後四百多名學生就回到第三士校，再經過三個月的軍中養成士官教育訓練，在士官教育的訓練期間，防區司令官、本校校長事先公告通知並指示要從四百多名中再挑選出二百八十幾位生。在第一批挑選時，大家都不知道要幹什麼，隔了一個禮拜左右，當時司令官尹駿上將，再度蒞臨來點一次名，又從中挑了二百個。當時擔任國防部長的蔣經國部長奉先生命令蒞臨本校挑選衛士，因為隨先生來的浙江籍侍衛大都已屆退休年齡，因而親蒞本校點名，希望從二百位左右學生當之中挑選了一百零八位學生，這就是後來所謂的一百零八條好漢的由來。不管是身高、體格、學識、操守，可以說這些都是強中之手，菁中之英，所挑選的一百零八位學生，準備畢業後就進入總統府警衛大隊以保護先生。

那個時候，在未進入士林官邸，一百零八個學生先送到憲兵學校士官班第三十六期，經過三個月的憲兵士官訓練教育，畢業後以下士授階，每一個下士才能配戴憲科憲兵士官，不是陸科的士官。成為正式憲兵士官後，才真正進入士林官邸，擔任特別警衛工作。那時憲官畢業後，有些風聲，甚且以訛傳訛說我們一百零八位要被派到越南⋯⋯後來才知道被派到士林官邸做先生的衛士，保護總統安全的責任，當時的我們都感到非常的光榮。

　　剛畢業的第一期金門衛士配戴憲兵下士，民國五十五年一百零八個分別進入總統府與士林官邸以後，是編入總統府警衛大隊，是受國防部管轄指揮並領取國防部的薪水。

　　官邸侍衛室則隸屬總統府侍衛室管轄，有一次國防部上校中校級主考官要來抽考，為了公平起見一百零八個通通參與考試，再經三次連續關卡，最後嚴格篩選錄取了十九位的優秀預備軍官。在這些軍官中要擔任過中尉帶兵官以上或分隊長表現優秀者，才有可能進入侍衛室，再經層層考驗始能調入內衛組擔任侍衛官，侍衛官都是中校以上，上校以下擔任轉送黃埔軍官學校陸軍官校受訓，再轉憲官十九期接受嚴格訓練，畢業後擔任少尉軍官，也分別擔任軍中幹部。

## 侍衛隊十二條守則

　　老總統喜歡憲科，這是因為在大陸南京保衛戰時完全是受憲兵保護著先生，先生都把憲兵視作子弟兵。不管是侍衛武官也好，或是侍衛官，官邸最低站崗武裝軍階級是憲科士官級以上。

　　有關總統府警衛隊，實際上由侍衛長（中將）指揮監督，

保護總統及其家屬的安全工作。總統府侍衛室等相關單位到了老總統逝世後，整個改組，並成立聯合特別警衛指揮部，隸屬國安局，而總統府警衛隊則改成國防部警衛隊。

　　而總統府警衛隊服務證上的十二條守則，條條規定真的嚇死人，就連前嚴家淦副總統看到都會冒冷汗。

　　其內容約略如下：

一、中華民國戡亂時期臺澎金馬地區憑此證可代表總統行令三軍。

二、隨扈視需要隨時徵調用三軍任何工具、飛機、車船，不聽令者槍斃。

三、遇有臨時特殊狀況，應立即處理，並保護元首安全。

四、隨扈處理緊急重要任務時，若發現可疑者，一律格殺勿論。

五、任何三軍部隊、總司令部，侍衛官到達時，視當時狀況需求下達命令。

六、陸海空三軍部隊若不聽令者當場處決。

七、隨時保護總統府內、外之所有安全工作。

八、遇有緊急特殊狀況對於副總統以下的官員隨時可以指派工作，或另派遣任務。

九、遇有不良行為者，無法處理時，應立即通知當地軍憲警處理。

十、若發現任何特殊狀況，應立即以命令處理之。

十一、憑此證可在臺澎地區無償徵調、用交通工具，免費乘坐交通工具。

十二、憑此證凡有民間突發狀況，可以指派當地官員，下達縣長處理任何緊急狀況。

這十二條就是印在燙金的總統府侍衛室證上，退伍必須繳回。

在士林官邸裡面，侍衛長下面分屬有：警衛隊、內衛組、外衛組。內衛組下面還有侍衛官、侍衛、警衛隊。官邸有好幾層的護衛區，由侍衛區（貼身）、內衛區到中衛區和外衛區（先潛）。所謂內衛區完全在士林官邸（公館）的裡面，即在高壓電纜圍牆裡面。所謂中衛區是由憲兵特勤人員支援，由高壓電纜圍牆到園藝所一帶，包括整個士林官邸的四周，都是屬於憲兵特勤的侍衛區。那所謂外衛區，是一般武裝部隊，包括駐紮在陽明山大直山頭一帶的防區。

## 官邸的歲月

在官邸的人都稱老總統為「先生」，稱蔣夫人為「夫人」。老總統及夫人對於內務人員都直接叫名字，警衛人員也以「先生」稱呼老總統。

民國五十七年第一次跟隨先生統視察金門，任務是視察防區部隊軍力部署以及如何與共產黨相抵抗的軍情。

當時朋友擔任侍衛授中尉官階，平常在官邸則穿中山裝，如隨蔣夫人時則穿西裝，隨先生巡視則換穿軍服且掛上校位階。當時擔任貼身保護先生都是二十三、四歲左右的金門籍衛士，卻穿上上尉軍服頗令一般正期年長的軍官們不服氣。其實這是侍衛執勤的規定，遇有不尋常的情況時可以較易統一指揮，並以保護元首安全為要。在動員戡亂時期侍衛守則第一條即有為保護國家元首安全，可以將違法滋事者一律格殺勿論的明確法條。每次出勤大概有數十位至二十幾位衛士不等，且依先生所視察的地方範圍而作靈活調配。

蔣家瓷器的真面目

蔣公北伐時期所戴的手套

杯底有蔣夫人親手題的「中華民國三十六年」
和「美齡」印章

記得民國五十九年夫人出遊在回到角板山的路程中，由於天雨路滑，有土石流，加上駕駛緊張，夫人座車的前輪，竟滑出路面懸在半空中，整輛座車似有即要滑入山下的危險。當日執勤者剛好是朋友任輪值衛士，就坐在夫人座車的駕駛座旁，在千鈞一髮之際，做為值日衛士的朋友即時的反應就是當機立斷，立即踩踏煞車，阻止座車往下滑，化險為夷，終於使夫人未受驚嚇，真可謂是護駕有功。事後先生特別贈送一組民國三十六年由夫人親自繪製的國畫而燒製成的「蔣家瓷器」，和北伐時期先生戴過的「手套」一雙。

贈送的瓷器表示親如蔣家人之意；贈送手套則是視如一家人之意，其意

義乃是有得穿有得吃。從此「蔣家瓷器」和「手套」成為朋友的鎮家之寶，珍藏至今已有三十多年的歷史，這可能是金門人從無有過的殊榮！

這套瓷組是蔣夫人於民國三十六年在香港時，參觀某家陶瓷工廠，親手繪製後並在香港燒製完成的，因為親手繪製數量少僅做家人之用，所以，同款式的瓷組全世界不會超過三套。目前這套瓷組浙江人有意收購，價錢還在商量中。

先生私人的生活莫過於擔任侍衛區人員是最了解的，至於說一般在市場銷售有關先生的秘辛的書籍，有時只訪問到中衛區，外衛區的人員，也不一定知道真相，因為一般衛士人員，該講才講，不該講不會亂講，有關牽涉到先生私人的重要問題則絕對不講，有損害到蔣家的任何聲譽也絕對不講，這是衛士應做的原則。

如果說不是一個重要的秘密，譬如先生與夫人之間不同生活的習性我們可以講，這是要讓世人都了解，以免世人誤解。

為什麼外面的人傳言先生身為一國之君，有多奢侈，有多豪華。一般人還以為那個身為總統和夫人的每一餐都是滿漢全席，那是大錯特錯的認知。實際上先生平常的生活非常簡樸，就拿吃的來說，除了金門司令官的好意，差不多每隔兩天三天給先生送新鮮的黃魚外，因為知道先生喜歡吃黃魚，金門司令官孝敬先生一兩條黃魚，也不算什麼，這個根本不牽涉到先生身為總統奢侈的問題。對有錢人來說，不要說黃魚，就是鮑魚、燕窩、滿漢全席也是家常便飯了。

所以，以一個跟隨先生身邊一二十年來談感觸的話，朋友認為先生私生活很簡單，最值得衛士們的敬佩。就三餐來說，青菜豆腐湯，吃的比一般貧民還要簡單。早餐一杯牛奶而已，夫人喜

歡咖啡，一杯咖啡加一杯牛奶，這是他們的早餐。因為先生早晨只有一杯很清淡的低脂肪的牛奶，胃口好一天一杯牛奶，絕不加任何一種餐點，夫人也吃得很少，只有因為前一天晚上吃的少，早餐才在廚師建議下吃一層式（夾式）的三明治，是很簡單又清淡的三明治。中餐在一起吃的機會較少，因為先生喜歡吃家鄉口味浙江菜，夫人比較喜歡吃上海菜，兩個人的廚師副官不一樣，在官邸裡設宴招待外賓時才有合餐，否則的話他們都分別用餐。所以先生喜歡吃家鄉口味的江浙菜，夫人吃的比較講究洋派，較喜吃西餐。在水果方面老總統喜歡吃楊桃、木瓜這兩種；夫人因洋派喜歡的水果多些，任何水果都喜歡吃。另外除了江浙菜外，也喜歡日本料理，日本料理做法較簡單，不像我們中國菜炒了一大碗，一大盤。日本料理數量少、又很精緻，這是先生喜歡的地方，因為他曾經在日本砲兵學校留學過，所以日本料理方面老生也是很喜歡的。

在穿著的方面更是非常樸素簡約，長袍衣服都是老師傅副官和裁縫師幫先生做的，長袍都是長度蓋至膝下，通常出席活動節目時都穿中山裝。夏天穿較薄的中山裝，秋冬時則喜歡穿長袍馬褂，顏色偏好灰色、深灰色、黑色幾種。換洗衣服另外有副官處理，另外有洗衣服的，都屬於總務課的。

士林官邸在未開放以前一般住在附近的市民都知道，圍牆四周有高壓電網，連鳥飛過都可能被電死，靠近高壓電網四周圍都是警衛隊駐紮的。警衛隊裡面分成幾個區隊，有區隊長（少校），副區隊長，每個分隊的分隊長都是中校、上校以上，副區隊則是上尉擔任，區隊長是少校，警衛隊的隊長則是上校擔任。

日據時期公館有兩層樓，裡面有不同的房間，夫人的房間是

在二樓，二樓有一個走廊，可以散步，也有一間畫室，夫人喜歡繪畫，夫人的老師是國畫大師黃君璧，傳授夫人國畫技巧，夫人的國畫知名度蠻高的。剛從大陸來時公館內本有房間設計有一道門可相通，因為老先生喜歡房間出來就是一個客廳，在客廳散散步，但民國五十幾年朋友進入官邸服務時老先生已經住在樓下。民國六十七年夫人旅居紐約，要上街買衣服或洗頭髮時，就只朋友一個隨護在側。

在官邸的歲月歷經了三位侍衛長，首位侍衛長是郝柏村。當時朋友擔任總教官，有一天郝柏村侍衛長至官邸要視察衛侍平日訓練成效及訓練成果演示時，就由當時擔任總教官的朋友擔任簡報工作，當場郝柏村不時表示一些意見與批評，未尊重當時的總教官，朋友因不受尊重因而怒氣沖天，舉腳踢向簡報的桌子，讓侍衛長郝柏村當場下了一跳，當然這也就葬送朋友升遷的大好機會與前途。後來同期中只有楊○○一位升上少將，但不久因病過世。

第二位侍衛長為孔令晟，孔令晟侍衛長，對朋友相當禮遇。記得當侍衛警期間時常有連續一二天的休假，當時年少輕狂，喜歡上舞廳跳舞，長安東路的地下酒家是朋友常去的地方。有一次休假時朋友隨即發動車前往，剛好遇到孔侍衛長就問說要去哪兒？因為休假心情較輕鬆，就隨口而出，侍衛長聽了，當下就要求朋友載侍衛長一程，從此只要休假沒事時，都會到長安東路的舞廳去跳舞，當然舞廳中燕瘦環肥，就將舞廳中的紅艷介紹給侍衛長，而朋友只好另找目標了。朋友曾認識一位頗投緣的小姐，小姐送朋友一大把鈔票，要朋友換一輛新車。孔侍衛長看到朋友的新車，不得不佩服朋友的功夫一流，讓侍衛長甘拜下風。

第三任侍衛長是鄒堅，平常侍衛長是常駐在官邸的一邊，老

先生有事找時，都要透過侍衛傳達，侍衛長一聽老先生找，即匆匆忙忙小跑步至老先生住處，平常老先生若無傳喚，是不得隨意進入官邸，所以對我們侍衛常進入官邸頗不以為然。鄒侍衛長人頗碩高，一副傲人不可侵犯的樣子，並不受侍衛們的歡迎，尤其因為在他的任內，老先生不幸過世，更是侍衛們所不能諒解的。

　　每當老先生的散步鈴的短聲響起，由於通往士林園藝所的大門暨大又重，要即時打開，來不及推開時狼犬就會狂吠大叫，因為官邸飼養的狼犬是老先生的「開路官」，一聽到散步鈴聲時狼犬比人更靈敏，更準時，每次散步時至少有兩隻狼犬極欲掙脫飛衝出去。有一位副官專門負責飼養狼犬，狼犬吃得好體力又充沛，性情又非常兇狠，對著陌生的人們一副狂吠不已的情態，不由得令人心寒畏懼起來，這些兇狠的狼犬讓侍衛們隨時都活在極度緊張與壓力的氣氛中。

　　不管是衛士或侍衛升到侍衛官，執行勤務時都可能感受到任務的繁重與氛圍的緊張，但也覺得非常窩心與實在，能有機會做老先生的護衛神兵，實在是千載難逢的機會。

　　先生要外出或是散步，交通組隨時在凱迪拉克車旁待命，等先生或夫人走出公館大門，若車子還沒即時開到，那可就倒楣了，所以各單位都緊張得要死。從少尉侍衛到上校侍衛官，各有各的任務範圍，在嚴格要求無誤與壓力中度過每一天。

　　每次出門車隊大約七八臺車子隨行，每臺車子加上司機都坐滿五個人，保護元首的武器早已佈置妥當，然後警察開前導車、兩臺宣導哈雷機車，若發現有狀況，宣導機車即可直衝過去解除狀況，並隨時報告情勢，最後一部車車內裝有憲兵火力庫，車上有從美國來的新型火箭筒、輕機槍、迫擊砲、烏茲衝鋒槍等。而

住在園藝所的特勤營，隨時要注意從淡水或圓山方向來的情況，待命的車內整車滿滿的武器，而且神槍手隨行，槍法不輸給侍衛官，都是從憲兵部隊中挑選過來，就體格、槍法、國術等皆是高手，侍衛官若發現可疑狀況即可一槍擊斃而不受法律制裁。

通常老先生早上九點十分到總統府上班，代號202指的是老先生的車隊，303則指的是夫人的車隊。從士林官邸到總統府上班，一路上皆有警察管制交通，一路綠燈，車隊隨即暢通而過，早晚各是乙次。警察開前導車，兩臺摩托車隨後，總共七個警察，只要沒有紅燈，就報密碼讓各路口的交通警察知道。上班車隊是幾輛前導車在前，然後老先生的座車，侍衛長座車，車隊就可一路駛往總統府。憲兵火力車隊早在銘傳商專（大學）附近等候，即跟隨在後，每天九點鐘出發大約十來分鐘就到總統府，老先生上班準時，但下班時間則不定。

老先生通常會先在總統府侍衛官室休息再接見陸海軍空司令簡報情資。所以例行到總統府的參軍長、參謀總長等，還有丞欲尋找晉級升遷機會的將官都會群集到總統府等候迎接先生，大家知道先生的車隊準時到達，事先站好迎接的隊伍，緊張的心情頓時滿頭大汗，穿中山裝的侍衛隨在先生後面，若侍衛還沒有走過去沒有一個將官的手敢放下來。若侍衛官使個眼色將官者心中就會怕怕的，侍衛官官小衛大，知道官小但將官們的手就是不敢放下來，這也許是「龍王好應付，小鬼難纏」的道理吧！如果有上校晉升少將時，從總統府一樓要上二樓，可以看出他們沉重的步履中帶著既緊張又忐忑不安的心情，汗水早已淋滿全身，看到穿中山裝的侍衛卻都還一一敬禮。

往昔新聞曾報導國民政府從大陸帶來的黃金藏在官邸附近的

洞口內，侍衛隊稱作「110洞口」，動口長滿了很多雜草，後來聽說黃金被阿扁挖出來。沒辦法，老先生生性儉約不會去動黃金，李登輝總統也不知道這件事，阿扁老奸巨猾，不曉得誰通風報信把它通報給阿扁，可能是退伍的臺灣籍的憲兵軍官吧！應該是這樣子，但事實是怎樣就不曉得了。如果說不是住過110洞口的特勤憲兵軍官的話，這個黃金的秘密永遠也不會被揭穿，我想阿扁也不敢獨吞，因為這是屬於國庫中央銀行的。

## 護蔣神兵，老驥伏櫪

　　如今朋友已解甲退伍十幾年了，面對耄耋之年，回想起官邸的悠悠歲月，侍從官的日子，真是點滴在心頭阿。午夜夢迴之時，護蔣神兵、一百零八條好漢、官邸……已是記憶中不可抹滅的一部分。

　　面對渺渺未來，常常對自己說一定還要活到老學到老，活一天學一天，雖然學問不是很好，但是很認真，每天不放過每一分，每一秒都想力爭上游，不放棄任何學習的機會。我認為人生的歲月是短暫的，不需要把每一分每一秒的光陰浪費掉，特別要留下一生值得回味懷念的某些事件，就如官邸的歲月、「先生」……這才叫不虛此生了。

# 嘿嘿TAXI，你開往何處

## 緣起

中年失業心海茫茫，危機處處。尤其回鄉的路程，步步維艱，眉心驚悸，刻刻不安，直如荒腔走板的戲子，不得不藏頭縮尾、捉襟拉袖，企圖掩飾在十目十指之下不經意間露出失業的難堪。

一錢逼死英雄，不食嗟來之食，終究不是明智之舉。在因緣際會之下，成了一名計程車「運將」。後來又變成導遊，沒有帶團的日子，就兼差開計程車。

從事計程車這一行，這也讓我想起平日蠻喜歡聽由王明輝、陳主惠與司徒松合組的「黑名單工作室」，他們找來陳明章和林暐哲等人，共同製作出堪稱臺語歌曲里程碑的經典專輯《抓狂歌》。專輯中的＜計程車＞這首歌的內容與旋律是我的最愛。

> 「嘿嘿TAXI，你開往何處」……
> 「透早出門，走東撞西，認真做生意，
> 為著生活，大街小巷，哇拼到擁袂死！
> 不管長途短途，哇攏四處載人客，叫我往東，我不敢往西。」

## 「計程車，跑得快」

　　往昔金門的交通大抵以騾馬駄運或徒步為主，談不上什麼現代化的交通工具。後來，金東地區才有改裝的兩輛計程車，成為鄉民爭先搭乘的交通工具。

　　最初的計程車還是以軍中淘汰的吉普車改裝而成，乘客分坐兩邊，是從車後面上下車，車子行駛在赤裸裸的黃土路面，所過之處無不塵煙滾滾，瀰漫四散，難於張眼，茫茫視線，重重危機，一趟坐下來個個真是灰頭土臉，慘不忍覩。

　　戰地政務時期監理所未成立前，考照都由金防部主持，下設監考官，要考行車駕駛證照，大都在沙美前浦或山外教練場舉行，考照車是軍用小吉普車。當初考照沒有現代化的設備，只見教練場上每隔幾公尺就插上好幾十支鋼筋，鋼筋中部繫上紅色的布條，以資辨認，形成所謂的「考道」。尤其在彎道這一項，最是不易過關，往往要考上好幾十次，甚至有人始終考不上，只好透過關係拜託才勉強過關，考完路考後的結果是車子嚴重刮傷，人也累了。當然也有跑到臺灣各地的監理所考駕照的。

　　最初計程車載客是以人頭計價，當時一輛計程車可坐五個人，現在則是限乘四人。就以民國五十八年計程車車資收費來說，上車以新臺幣二元起算，按路程遠近有二元、三元、四元、五元不等的收費。大多以叫客方式，往鎮西、頂堡路程收二、三元，往山外一趟則收五元；沙美往山外三元，往金城五元，所以當時很多運將不喜跑長程，從油料車資精算起來較不乏算，跑幾趟短程，在時間和路程上就遠遠超過來回金城與山外一趟的車

資。後來油價調漲，改為八元、十元、十五元。六十四年，叫客一個人頭十元，包車則不定，如果金城到山外夜間則為五百元，因為當時沒有人願意跑夜間的，現在則為三百元左右。

五、六十年代的金門，駐紮有十萬大軍，軍人是最大的消費群，每當放假日，都喜歡跑到熱鬧的金城或山外來度假，君不見整條街上人滿為患，冰果室、撞球室、小吃店等。還有金城地區三家戲院更是「兵」潮蜂擁，戲院一下場，只見一片草綠。在接近傍晚收假日，除了公車擠得像沙丁魚似的，路上、街口、招呼站到處是要攔車回部隊的阿兵哥，只見計程車如長了翅膀般的快速來回奔波，若不能在短短三四十分鐘的黃金時間搶載等回營的阿兵哥，將被其他同行業者搶走，那就損失可大了。據估計當時計程車司機一個月平均收入相當可觀，因而若要坐計程車還要事先預約，且要將車錢先送交給司機，才能保證隔天有車坐。

民國六十四年當時一輛計程車的轉讓價，約為二、三十萬元左右，這價格頗高，不是一般人買得起，因此，有人想出共同出資持分的辦法，俗稱所謂：每人買一個輪子，四人共持有一部計程車的權利，並將平日開車經營所得再作均分。

與人共同出資購車，合夥人皆可開車，或受雇開車。一般車子以中午十二點整為交接車的時段，每日分別記帳，到月底時再結帳，每開半日車月薪約一千五百元，若以當時在農試所上班的薪資相較，從事計程車業者收入遠高於當時一般的軍公教。只可惜車子零件損壞了，合夥人之間常常就會互推責任不修理，任由車子驚險行駛。

同年金門縣總工會與計程車業者在金城戲院召開會議，作成地區計程車數輛以二百輛為上限。規定計程車業者，凡入車行者則牌照可出售轉讓，但屬個人計程車業者牌照禁止轉讓第三者，

使得計程車牌照隨漲船高，致使靠車行的運將，有利可圖，私自轉讓竟可獲取暴利，雖說這是一個願打一個願挨，但以當時數十萬計的軍人和百姓的生意，計程車業者在地區的榮景生機，是其他運輸業者無可逾越。一輛計程車的收入驚人，在當時是可以養兩個一般尋常的家庭。

　　甚而在政府開放車行申請前，地區靠行業者抓準時機，當時一塊車牌金城地區也有喊價到一百八十幾萬之譜，令人咋舌；在沙美地區，曾有賣出二百零二萬的高價，最低也至少也要一百多萬，買賣轉手之間獲利驚人，頓時成為街頭巷議的話題，也羨煞無數的人們。這都是因為市場供需失調，形成奇特的怪現象。

## 二百零一輛計程車

　　戰地政務期間，全島只有二百輛計程車，因此造成計程車車牌奇貨可居。後來增加為二百零一輛，原來這一輛新的計程車牽涉到一件社會凶殺案件。

　　在西浦頭有一位退伍軍人（老芋）的妻子，因為心智不高，習慣性離家四處遊走。有一次來到庵前村，被一位將要退伍的阿兵看到，竟起色心，趁機逞獸慾後，並將其勒斃，草草掩埋在電線溝溝底，以永絕後患。不久傳出陣陣的屍臭味，引來野狗啃食而被人發現。

　　此案震動全島，軍民人人不安，成為前線治安史大案。軍警隨即啟動調查，在苦無線索之下，赫然發現死者手中上握有一只軍服上衣的鈕釦，調查小組由鈕釦以物追人，進行搜索，找遍洗阿兵哥衣褲的店家，終究沒能發現，苦無線索。

後來有某一部隊將移防臺灣，檢調隨即就移防的部隊中一一檢查軍服上衣少掉紐釦的阿兵哥，在數千人的阿兵哥中，好不容易找到一位阿兵哥的上衣少了一只紐釦，軍警隨即連夜偵訊，該犯案的阿兵哥，終於坦承不諱。據說該阿兵哥退伍後即將出國深造，前途一片看好，但最後還是以軍法論罪而槍斃伏法，以告慰問受難者之靈，並撫慰受創之家屬。

當時防區司令官居於關懷受難家屬之意，慰問悲悽的家屬說：需要什麼補償？家屬回答：什麼都不要，只要有一張計程車車牌來謀生就可以了。這就是二百零一輛計程車的由來。

## 「運將的頭路ㄚ，算來是不錯」

起初計程車廠牌以裕隆速利、福特一千兩百cc為主，其中福特以機板薄、省油為業者所喜愛。變速排檔是放在方向盤下方，後來就才改在司機座位的右方。

計程車車身的顏色，當初還是五顏六色並無統一，每家車行都有自己的代表車色。直到車行壟斷，計程車工會成立，加上政策、治安，促進觀光等等因素下，政府決定訂定一套法規來規範，而其中一項規定是計程車的顏色要統一。這時候有白、紅、黃等三大色系參加角逐，最後結果就定調黃色車身為計程車的統一顏色，這就所謂「小黃」或「小黃包車」的由來。

由於計程車的英文字母為Taxi、中文諧音有「太可惜」之意，也符合一般人認知的計程車車資太貴的中文意思。

民國七十一年三月一日起政府規定計程車司機即日起必身著統一制服。曾為計程車帶來嶄新的形象，後來有人反對，規定也

就不了了之。

　　戰地政務期間從料羅到金城沒有三、四百元是叫不到車的，金城到山外沒有三百元永遠也坐不到目的地。尤其阿兵哥放假期間，滿天喊價更是常事，收費頗亂，造成消費者對計程車印象不佳。

　　而裝上里程跳表計價則是在民國六十幾年，以三百公尺為基準，每一百公尺跳五元。現在，由以前三百公尺改為二百四十公尺起跳五元，上車八十元，乃至一百元。

　　民國七十三年六月四日計程車恢復開放進口，縣府同意開放進口四十一輛計程車，首批十輛，分三梯次抽籤，抽中者轉手後即可現賺一百八十萬元。有些人受雇於車行，有受雇半日；有受雇全日之別；半日所得車資二千至三千元，因為當時阿兵哥多，計程車的生意不惡。如金城到山外一百五十元車資，到珠山幹訓班六十元，到后湖八十元，若算人頭到沙美則每個人要四百元，整車就可淨獲一千六百元。

　　計程車分有靠車行及個人計程車兩種。金門計程車大部分採「靠行制度」，計程車司機須考取職業小型車的駕駛執照後，再考取計程車執業登記證，透過車行仲介取得車輛才可執業。在一定條件且政府有開放時，就可申請成為「個人車行」；一般個人車行申請只要三至五年無違規、無超速紀錄者即可申請，但不可買賣車牌，而個人計程車行目前約擁有一百二十七家。

　　另靠行計程車業者可以轉開遊覽車，但計程車運輸合作社之社員，則不能轉開遊覽車。靠車行者入行費需繳交一千兩百元，往後逐月繳交管理費三百元。

　　金門最早成立的車行有榮民、中興、勝利、國聯、僑豐等，後來榮民和中興合併為中榮，加上自由、光華、欣欣以及小金門的

莒光總共有八家車行。光華最大，自由其次，中榮第三。每家車行設有行長，其下有各擁有十幾輛至四、五十輛不等的靠行計程車。八家車行行長再共同選出其中一人為金門縣計程車公會理事長，現任理事長則代表資方，並綜理靠行的計程車行政相關等等事務。

又有愛心、金廈、金門三家計程車運輸合作社，要入社成為社員要繳交入社費一千元，往後每月則繳管理費五百元。合作社旗下各領有數十輛以上不等的計程車，總數近一百七十輛。根據交通部一百零一年四月底止，在機動車輛登記數之金門地區計程車（Taxi）項目下，總共有四百五十五輛。

由於計程車業者受到政府的照顧，免繳牌照稅及燃料稅；不要說SARS期間政府補貼的一萬二；還有金酒公司每年的廣告補助金一萬兩千元，最近再提高為一萬八千元；以及每三個月檢討一次的金馬地區計程車油價補貼款「加油抵用券」，每月的二千二百五十元補助款。可以說，計程車業者不用出門營業也就先賺到了，即使當私家車使用更是伐算。

根據報載交通部已表示，從一百零一年四十六日起開放計程車公司（行號）自有車輛，車齡滿七年以上可提出汰舊換新的申請補助，符合補助對象的計程車主可以在六月十五日前向各地公路或監理機關提出申請，在在證明政府對計程車運蔣的照顧。

雖然如此，從事計程車皆要依政府規定，五十九歲以下每三年要體檢乙次，六十歲至六十七歲退休前每年要定檢乙次，健檢通過也才可以領到行車執照，這是基於要保障乘客與業者安全的考慮。

在陳菊當勞委會主委時曾蒞臨金門視察，當時的陳立委建議現在國人身體健康，壽命延長，體能方面較佳，加上醫療發達，六十五歲退休對運蔣而言可能還是太早，建議能延長七十歲退

休。後來政府幾經開會商議，就決定延長到六十八歲退休，因此造福很多運蔣先生女士。

## 「嘿嘿TAXI，你開往何處」

早昔計乘車為了以時間換取金錢，常開快車，但金門的道路本是狹窄，加上行人，路面更加危險。記得小時候就聽說有一群小朋友走在路旁，忽然有一輛計程車從後方開來停下，司機下車就不分清紅皂白往其中的一位小朋友的臉頰拍打下去，並且舉起腳來作勢踢過去，被打的小朋友七葷八素，嚎啕大哭，然後司機揚長而去，事後猜想可能是小朋友走入「危險」的地帶，阻礙了計程車開快車的路吧！

戰地政務期間，金門路窄，兩旁種滿木麻黃，水溝皆無加蓋，加上又無路燈，常常發生車禍。就有一位運蔣功德無量，自費買了許多的反光標誌，釘在各主要道路的十字路口和危險的路段，或兩旁行道樹不等的距離上，以提醒夜間駕駛人注意，保障了行車的安全。

開放觀光後，許多老兵回金門觀光最想看看自己在金門當兵時的駐紮地，還有認識的金門老朋友。雖然當年服役的據點大部分已山川改易，人事變遷，但還多少抱著希望能回到當兵之地，一睹當年留金歲月、一解相思之苦。就曾有一位老兵，也在一位熱心的計程車司機引導之下，終於在上后垵找到那位金門的恩人。

至於坐霸王車的，更是常事，有的阿兵哥坐到軍營，聲稱沒帶車錢，要回隊部裡拿錢，一進部隊就再也沒出現；有的沒錢，就將手錶卸下當車資，甚至軍人補給證都拿出來；有的甚至當場

要求賒欠，月頭領薪水再還。如果載到喝酒的阿兵哥或客人，除了常引起車資糾紛外，不但拿不到錢，還奉送滿車的嘔吐物，實在倒楣又無奈。

地區計程車採用「巡迴攬客」及「定點排班」為主要載客方式。目前政府在金城、山外、沙美、機場、水頭等皆設有計程車排班載客方便之處，大家也相安無事，只見有的在駕駛座內閉目養神；有的閱報排遣等候客人的時間，更有坐在陰涼的騎樓下，話八卦、談天地、論政局、臧否人物、等候客人，或打盹、或沉思候客；有時有個高分貝的運蔣，以聒噪之雀音，刺得人心煩意躁；有的吹口琴勤練技藝；有的練就一身胡琴才藝，也有以吹橫笛出名，真是臥虎藏龍。

除此，有些運蔣見識廣、修養好；有些則如螃蟹走路不敢領教；有些則是明哲保身，只問載客，不問其他……儼然就算是一個小型的社會。君不見喝完吃完的垃圾：如伯朗咖啡易開罐、菸蒂、車用消耗品往車窗外、或往路旁一手，即使為了搶客人或車資或停車的總總問題，竟而兩造雙方爭執互罵也所在多有。而將商店前的馬路畫上計程車的停車格，讓商家們苦不堪言，甚感不便，因商家自己的車子要卸貨，客人要停車買東西、或看病，都造成很大的不方便。因此市區定點排班停車處是有討論的空間。

其實，大家皆是討生活，理應禮讓為先、寬容是福，暫停一又下何妨！大家皆有相遇的時陣？但只見少數同行猛按喇叭、或大聲嚷吼作勢驅趕，宣示這是我的排班地盤任何人不得臨時停車，不然就叫警察開你罰單，一副頑固，氣極敗壞的模樣，真令人心寒。鄉親啊！忍一下又何妨？又不能立即造成收入的損失，就是一個小小的位置，給人方便就是給自己方便阿！禮讓的美德

消失不見了，計程車運蔣令人印象深刻。

　　長久以來，離島計程車收費標準，最易引起爭議的是「包車」議價部分，常常引起觀光客與計程車運蔣認知的差異而引發爭執，甚至鬧上媒體新聞版面，重創金門觀光產業。還好計程車皆已裝上旅程計價錶，依行駛里程按錶收費，也減少無謂的糾紛，但還是有少數運蔣趁機喊價，希望能增加一點收入。

　　當運蔣的歲月，轉眼已將屆一年，見識過同行的賺錢之道，有的月入十萬以上卻是二十四小時「備機」狀態，真是精神可嘉；有的利用手機或無線電叫車，並相互支援，生意也不惡；有的如序排班，一天也有一千二至二千五不等的收入，加上懂得抽佣金，歹歹生意也可過一冬。

　　載過形形色色的客人，看過五花十色的觀光客，尤其政府在開放一日遊、二日遊後，觀光客似乎有增加，但都被遊覽車一團一團接走，也只好到處打游擊戰。有時排班、有時帶團，如果觀光客要住宿、購物等等，就可以帶他們「插館」抽佣金，一天下來雖很辛苦，但是帶大陸團也較輕鬆，下午送回後，晚上又可兼差開計程車。

　　此刻，又令人想起這首〈計程車〉優美的旋律，好似在訴說著這一段期間的心情故事：

　　　　「透早出門，走東撞西，認真做生意，
　　　　為著生活，大街小巷，哇拼到擁袂死！
　　　　不管長途短途，哇攏四處載。
　　　　運將的兄弟呀！大家就打拼へ！！！」
　　　　嘿嘿TAXI，你開往何處……

# 徜徉書鄉天地，擁抱書香氣息

　　俗語說：「書中自有黃金屋。」吾人皆知圖書館就像是一間堆滿黃金的屋子，有著成千上萬的黃金等著我們去挖掘。抑或是一座高聳入雲的海上燈塔，當我們迷失在浩瀚無邊的知識海洋時，圖書館指引我們通往正確的方向。圖書館不僅能讓我們充實更多的知識，更能在我們百思不解時，為我們解答，使我們茅塞頓開，豁然開朗。有此可知圖書館不但是我們生活的良師益友，更是我們不可或缺的得力助手。

　　記得小時候，對於上圖書館可說是萬分期待，只要一聽到上圖書館就興高采烈。每次到了圖書館，總是會被裡頭包羅萬象的書籍給吸引，只要一書在手，就會渾然忘我。雖然，有時看不懂書上的文字，但只要望著書中如夢似幻的美麗圖片，彷彿自己化為書中的主角，與書中其他的角色一同遨遊在書中的綺麗世界。

　　長大後，圖書館對我而言就不再是一條通往夢幻世界的捷徑，而是一個能讓我陶冶性靈，怡情養性以及解除心中疑惑的好去處。現在，每當我看書時，已不再像小時後那般走馬看花，在閱讀的同時，也細細的思索著書中所蘊含的道理。有一次，我從書上看到顏回的「不遷怒、不二過」時，不禁深感慚愧。想起每當我在氣頭上時，父母的糾正，老師的指導不予理會，總是遷怒他人，看完了顏回的故事，也使我的心中有了幾分的省思與體悟。

　　有一回，我在圖書館裡偶然見到一本乞丐囡仔，當時的我被書中主角賴東進這種能屈能伸以及面對造化弄人卻依舊不屈不撓的偉大精神所感動。書上說賴東進在小時候就必須時常與爸爸一同出門乞討，回家後，還得照顧重度智障的媽媽和弟弟，不僅要餵他們吃飯，還得幫她們清理大小便。而後來，她的姊姊為了家中生計不惜跳入火坑。

　　反觀我們，整日只知吃喝玩樂，從來不曾為家中生計著想。但，到頭來，我們得到了什麼？只不過是十幾年的短暫快樂，等到真正出了社會，才顯得手足無措，在往後數十年中，看著別人功成名就，自己卻只能乾瞪眼，到頭來一無所有，而賴東進與我們恰恰相反，他是以幾十年的痛苦，來換取數十年的快樂。雖然，他無法擁有快樂的童年，但，他卻有個比常人更難忘、更充實的童年，縱使他做過乞丐，可是他卻能從做乞丐來了解到許多深刻的人生道理。

　　圖書館中豐富的圖書資料也使我了解到自己的孤陋寡聞。小時候我總覺得自己的知識已經充足了，可是等到我長大後才知道自己是如此的渺小。以前我總是自以為是的說：「鯨魚是世界上體積最龐大的『魚類』」直到後來，我在圖書館看到相關書籍時，我才發現自己的錯誤，不禁令我感到羞愧難當。從此以後，我再也不敢自以為是，與人談論都盡量秉持著「有幾分證據，說幾分話」的原則，希望自己不再丟人現眼，同時也讓我了解到「說話要有證據」的重要性。於是，上圖書館找資料成為我追求問題答案的必經之路，雖然，在浩瀚的書海中汗流浹背的找尋答案並不輕鬆，但這種「我找到了」！的快樂感受，卻是上圖書館找資料的人所無法體會與享受的。

有人說：「徜徉『書鄉』，就有『書香』」；古人又說：「腹有詩書氣自華」，這都在在的說明了讀書不僅能增廣見聞，更能使一個人看起來器宇軒昂、溫文儒雅，表現出非凡的氣度。所以，有空時，不訪走趟圖書館，聞一聞書香的氣息，找一找智慧的芳蹤。相信，只要時常徜徉書鄉天地，最後一定能擁抱書香氣息！

# 青春

　　青春是人生最美的詩篇，它總是帶來希望與活力。

　　青春如同一曲柔美的樂章，激揚的音符填滿著如五線譜的心，使我在人生的十字路口上，蘊含無限的可能，藉著流淌的樂音找出那陽光的窗口。

　　青春對我來說，就像一本本相簿，儲存最亮麗的檔案，永遠保有最鮮美的影像，可以喚醒青春的當口，勾起青春的回憶。

　　我的青春就像風箏一樣，生性就是要向上飛颺，越飛越高、越遠，持續努力追求心田早已定下的目標。

　　青春就像一首歌的旋律，有高潮也有低潮，它可能是鮮明簡單，亦可能有幾番風雨波折，卻都能譜出的一段段的青春故事。

　　青春是一種化妝品，能將皺紋撫平，留下粉潤嫩的肌膚，教青春永駐，讓歲月低首無語，也讓青山白頭，江水空流。

　　青春是一場高潮迭起的比賽，是全場的焦點，鏡頭爭逐的獵物。我的青春像是一股熱血，它伴隨著激越的情愫。曾因為它，在操場上大聲為鍾愛的選手加油；曾經因為它，鼓起勇氣向心儀對象告白，但長大以後，青春就會羞於見人，最後只能擱置在回憶的腦海裡了。

　　青春就像楓葉一樣，有時紅如火、有時綠如茵，而悠然凋謝的，鍾情回歸大自然的懷抱，更願化作春泥更護花。

對我來說，青春就像在吃巧克力，有時咀嚼到的是甘甜的，有時咀嚼到的是苦澀的，苦澀甘甜是青春的心聲寫照。有時就像吃了蛋糕一樣讓人開心，有時卻像吃到了苦瓜一樣苦樂參半，憂喜共嚐。只要味道一失真了，青春的顏色必然走味。

　　青春就像一場闖關遊戲，充滿刺激與挑戰，足使人奮不顧身，身陷其中而不自拔，永遠不知道下一個關卡是深淵、抑或是絕域？

　　青春就像是一把正在燃燒的火炬，熾熱與光明，非將力量耗盡，誓不干休，儘管是膏油將盡的時刻。

　　青春就像是一列動車，在高速行駛中享受最大的快感，享用人生最美的風景。

　　青春就像是一本揮灑的日記，篇篇盡是心情亢奮、情意高漲，高潮迭起、欲罷不能，從來沒有完結篇。

　　青春像野馬總是瘋狂而激昂，帶著狂熱的理想與熱情，奔馳於朗朗的乾坤。

　　青春就像是一枝冰淇淋，飽嚐透心涼的滋味，卻隨著時間流逝而融化。

　　青春就像一朵鮮黃的奶油花，看起來有精神又活潑，它紀錄了我們生命中的熱情與渴望。

　　青春就像一雙漂亮的舞鞋跳出舞曲，跳出豐富的人生，甚至像蝴蝶一樣在陽光普照的花朵上，翩蹮起舞。

　　青春就像糖果一樣甘之如飴；像檸檬一樣回味無窮；像辣椒一樣意猶未盡；像黃蓮一樣有口難開，充滿酸甜苦辣。時而皆大歡喜，時而潸然淚下，有哭有笑，有悲有歡。

　　青春是奔跑在大草原上的一匹脫韁野馬，雖自由卻又充滿了

危險，意外中竟被一頭兇猛獅子一口吃掉。

　　青春就應該盡情揮灑，努力追求新事物，在陽光下一起揮汗，在生命中一起嘗試，在書中一起尋覓，飽含友情，沐浴親情。

　　青春是力量，是人一生中最具生命力的時刻，它如花兒綻開、如晨曦、如驕陽、如薄霧、如輕煙，但卻似曇花稍縱即逝。

　　青春代表一種心境，一種感覺。對人生感到新奇，也充滿挑戰性，帶著純白如紙的心靈，勇於朝向未知的天空，探索未來的境地。

　　「青春是一場大雨，即使全身淋溼了，也希望回頭再淋溼一次」我認為不是大雨，而是大風，它將我人生吹向另一個層次，推向夢想，也推向未來，卻也無須回顧，只因前方有我追尋的夢想。

# 金門的王爺文化

——由「沙美萬安堂己丑年彩乩乩示文輯錄」談起

## 壹、前言

　　金門，一個飽含閩南文化的地方，深受中原文化的薰陶與影響，在人文與社會生活上處處顯現古典傳統文化的遺跡，即使在時空環境的劇烈變動下，民間社會依然保有其獨特的傳統宗教文化與生活方式。

　　然而在求新求異的資訊化快速變動與流通的巨輪之下的今日，知識的多元與不確定性，人們一味追逐物慾享受與名利虛名橫流中，善純的本心早已蒙塵，家庭與學校教育功能備受考驗，甚而人際關係失序，錯綜複雜的社會充滿詭譎、偷搶、欺詐、殺盜、淫毒等事件層出不窮，人心已然晃動不安，人們似乎頓失了依靠，也失去了信仰，喪失了一份心靈的核心價值。原本存在於常民生活中潛移默化、教化百姓的民間宗教信仰文化，更是受到極大的挑戰與衝擊。

　　爰於金門的宗教信仰祭祀活動與儀式秉承我國唯一的固有宗教——道教，道教歷史淵源久遠，其間流布甚廣，宗枝脈葉亦多，傳衍至今金門的道教的脈絡淵源、教義、經典、科儀、倫

理、組織、及神秘與據點（宮廟）等等條件，僅為極少數的鄉人
所瞭解，一般居民對於道士、法師、神祇、乩身、王爺、宮廟等
等往往僅抱持著「敬而遠之」的心態，如此對道教的認識與發揚
確實是不好的現象，而反映在常民的生活上多少對於道教的疏離
和現代人的冷漠事實。但處在中土的金門，平常「敬神拜祖」
「點香燒金」的祭祀習俗、慶典活動以及養生送死中卻處處莫不
是道教文化的顯現。

　　目前主要流行在金門民間的宗教不外佛教、道教與儒教，但
因傳衍已久，儒釋道三教已然合一，共處一廟，且多半已喪失其
本來面目，形成一個新的民間宗教信仰，此即為地區宗教信仰的
重要特色之一。

　　而宮廟中供奉的神祇自然是善男信女崇信的主角，由於歷史
淵源和信仰的因素的使然，在地區主要宮廟的神祇則各有自己的
因緣，擁有屬於自己保護庇祐的境眾，而構築一個個完整信仰的
體系，看似相同卻又不相衝突且相助的景象。

　　在眾多神祇信仰中，與善信弟子最為密切莫非是「王爺信
仰」了。根據個人統計地區王爺信仰的數量是獨占鰲頭的，是所
有神祇排行榜中的榜首，備受十方部分的王爺由邪鬼轉為除瘟之
神，再轉為全能之神，其職責或司學務、軍務、醫務、商務、航
務、娛樂、驅邪、除疫、堪輿……等。當其彩乩後則接受善男信
女個人請示，請示方面有家運、運途、事業、身體、求嗣、延
壽、沖煞……事項不一而足，乩身可說是代表神聖空間的神與在
地方場域生活的人兩者之間溝通的橋樑，諸多接受請示王爺們皆
依其生前修為及官職等，所學所能而濟世救人，各發揮其所長，
竭盡其所知。舉凡宮廟之壇務或境域之公務，上天庭、下地府、

探花園、斬妖除邪，追索宿世因緣、果報業力，探索茫茫命運密碼，或勸善或戒惡、或植善或規過、或勉修心養性、或欲行功立德，以增善因佳緣與福報。換言之，王爺渡化眾生，創造了信眾的生活，也掌控人世間信仰的力量。

邇來，地區素有盛名的廟宇如沙美萬安堂、瓊林保護廟等，皆有「彩乩」相關活動訊息，在在顯示地區民間宗教信仰依然活絡，充滿生機，也透露地區常民生活中「王爺信仰」與文化是淢歟盛哉的。

尤其萬安堂在張主任委員雲盛老師統領之下，先後整理諸多文獻資料，特意保存暨發揚王爺文化，陸續出版有關萬安堂諸王爺乩示文輯錄，以享有緣諸信眾，藉以弘揚王爺正信文化，親沐諸王爺勸善勉世之智慧，期能如甘露潤心靈、養心性，安萬人心，永享福報。本文即以「金門沙美萬安堂歲次己丑年彩乩乩示文輯錄」一書管窺金門的王爺文化。

## 貳、王爺的世界

金門的王爺據統計有四十幾種姓氏，由「大尊王爺公，小尊王爺子」可知其數量之多，有所謂「三府王爺」「四王爺」「五府千歲」「六姓府」等等之別稱。其由來大多建立在歷史、神話或傳說、故事裏：有的自殺成仁，有的忠烈殉國，有的捨身救生靈，有的冤死含恨等，其在世功德足以為神。神之本義云：「才智技能超絕者」、「有功德於民者祀，唯聰明正直者神，」另「聖而不可知，陰陽不可測之謂神。」皆是成神的條件。

但王爺與瘟神顯然有所不同「瘟神不一定是王爺，王爺也不

一定是瘟神，此與成神之初際緣有關，本廟就無一尊是瘟神，成神之初際原由不同，神格就自有不同，很難用三言二語可以說得清楚的。」（張王爺乩示）

諸如此類或許是怪誕無稽，被視為無知與迷信，但是就信仰角度而言，崇祀具有神奇的歷史傳說之忠臣烈士、聖賢豪傑人物，在其「申天地之德，引萬物之主，治陰陽之理，慎因果之報，以護佑群生。」之神威與靈驗的感召下，確實能達到安撫與療治十方善信心中疑惑，或在科學上無解之題的功能。

神祇世界自有其行政組織，天界中的神祇，看似複雜，其實祂們各有所司。「神界行政組織比人間政府機關組織體係要複雜千百倍。但要到神界行政組織擔任主官管，要有玉皇派令，或由五嶽各嶽嶽帝等之推薦，一物一神。」（張王爺乩示）其行政組織，以「人間」為藍本，猶如政府機關一樣；其神道之神眾多，亦猶如政府機關有各層級系統職掌的公務人員，而且都類似古代的君權政體。玉皇大帝是最高的神祇，祂統轄宇宙、治理三界，所有神祇皆在其統理之下。

而王爺為地方層級行政神之一，或謂直屬中央，有所謂「代天巡狩」，被天庭委派兼職巡狩，為地方級官職，領有天兵三十六天罡，地兵七十二地煞，以及五營兵馬；或任職為地方守護神城隍爺，兼燮理陰陽，接受玉帝委派至人間管轄守護保境之責。如己丑年乩示文輯錄記載三忠王張府王爺乩示：「吾後蒙玉帝加封為威嚴天尊，先派粵西都城隍邑主，現又調任為陝西長安府城隍。」可知城隍是由玉帝所選派的王爺，並有調派任期制度。

而神祇世界「沒有任用條例，有勒封旨令，根據該神成神前之功德而受封，但受封為王爺之格要功德帶罡氣俱足，受職後

看佑民功績調職，就像吾神由粵西城隍調長安府都城隍一職之例子。」（張王爺乩示）

神祇具有五神通；菩薩、佛具有六種通，故神、佛皆能知眾生之三世因果。神祇的階位不同，層次有高低之分，其神通力亦各有差別，層次愈高神通愈廣，所知愈多但不是全知，只是階位層次不同吧了！

觀之金門各姓諸王爺除為各鄉境領域守護信眾保護村境之外，平日亦接受各境眾之請示，解決各種疑難雜症，可以詳盡地解釋王爺的乩示而滿足信眾的要求。儼然是信眾心靈慰藉與依賴之所，也穩定並解決不少個人與家庭困惑的問題，當然也減少社會不少無謂的事件發生。

由乩示文輯錄獲知萬安堂的王爺們不似其它宮廟的王爺，只知道其姓氏而不知其全銜或生平，原來萬安堂王爺們依其生前功德層次不同，歿後被派任各種神職任事，其在人世之姓名，若無玉旨恩准，是不可私報姓名的，否則將被禁囚天庭；而萬安堂尊尊神祇均是奉旨可報名，實屬非常罕見。

今日雖謂數位科技時代，但並不能完全解決人們心中信仰和生活環境上所遭遇到惶惑與驚懼的根本緣由，而透過王爺信仰將給予廣大信眾在心靈上起得安慰與穩定的作用，這不啻是人類在面對生命的關口上，又多一道選擇的機會與希望，也是一劑良方與參酌的管道。

## 參、萬安堂的王爺與乩身

萬安堂位於金沙鎮，坐落於沙美七星墜地之文曲星旁，冥冥之中文氣自貫，自元朝以至民國已歷七百多年。境主為醫神保生

大帝－大道公，萬安堂廟名是取自保生大帝生前行醫的堂號，沙美萬安堂是當今供奉大帝，唯一以其生前行醫堂號作為廟名者。

廟中神尊頗多，除醫術、醫方、醫符三尊保生大帝，另有大宋三忠王威嚴天尊張世傑、威順天尊陸秀夫、威德天尊文天祥、李府王爺李乾洛、薛府王爺聰仁、池府王爺連陞、蘇府王爺碧雲、林府王爺澤深、案頭相公鄭鴻達、太子爺……近三十尊神尊。

「滿天星斗動，堂內皆正神。」立廟歷史悠久的萬安堂神尊，「天人之間的神會溝通，神妙而流暢。」深受各地信眾膜拜及求問，神藥靈籤，驅邪壓煞，制魔斬妖，指點迷津，神蹟示現，名譟浯島。

二零零九年歲次己丑在管理委員會主持之下，完成懸缺許久的三忠王、池王爺、薛王爺、許真人等乩身彩乩活動。

萬安堂王爺的乩身，每個乩身配有兩位（副乩）神譯人員，乩身與神譯均係王爺自行擇定，萬安堂的乩身中保生大帝、三忠王臨壇是不開口而用扶乩或劍指寫字；李府王爺用扶乩或開口寫字；林府王爺臨壇不開口用劍指寫字；池府王爺、孫真人及太子元帥是開口乩示。平常里社居民有事請求王爺臨壇乩示時，神譯人員負責摺紙頭、燒紙頭、唱誦所謂的祈請文，祈請諸佛聖神在天臺慈悲降下來，及筆錄王爺乩示文。

一般而言，成為乩身的原因，一是先天由王爺臨壇濟世所需而自行挑選有因緣者；二是有人因為身體上難解之病症而誠心祈求王爺收為乩身；三是老乩身的傳承以繼承衣缽；四是自行經過特殊訓練而成為通靈之乩身。四種乩身當然是以前二者為依神的旨意而彩乩，所彩之乩身不是生命上出現有重大關卡者，就是壽命較短的，而且被選為乩身的人，也必須自己願意，且要得到祖

先的同意。彩乩後王爺會呈香牒文（神明之公文）上稟東嶽大帝有關各項資料，或為乩身辦理延壽事誼。

要成為萬安堂稱職的乩身必須熱心公益、有奉獻犧牲的心、加上服務熱忱及在村境上甚得人緣，且是與佛道有緣之人，「王爺會自尋找有緣人」；其次經過宮廟境主的同意後而挑中為乩身，再經其祖先暨家人的乞信同意後，依彩乩程序進文疏稟告上蒼，降旨取乩，由道士或法師訓練，經過「入禁」、「開口」、「出禁」、「操練」、「訓輦」等過程才能成為獨當一面的乩身。入禁是王爺附身的乩身，受到王爺指示，為增進道力或法力的一項特別修鍊的儀式與過程；開口則是能說出神示的訓練；「出禁」就是乩童「坐禁」完畢，表示功德圓滿，神靈附體，可以「出關」的意思。

在入禁期間張王爺訓練自己的乩身要經：「怒、溫、和、威」四個階段，因「怒氣」有益於鎮五方；「溫良」可守全境；「和祥」普照家戶；「威嚴」天尊長在，可謂集「怒、溫、和、威」四氣於一身的乩身，在金門地區宮乩身並非只代表個人，而是王爺的代言人，亦是一個宗教或一個教派的分身，王爺的要求與期許自己的乩身達到某個層境自是有其必要。然後廟王爺的成乩養成操練中實屬難得。原來才能接受信眾的請示及作醮慶典節日出巡與道士或法師配合科儀的活動。

最後的出吉儀式是向東嶽及玉皇大帝作醮謝恩，整個彩乩過程才算完滿。同時玉旨封禪令山東泰安縣金門分嶽廟張陸庭邑主特別賀詩：「東嶽謝恩回萬安，嶽帝讚我彩新乩，大顯神威乩彩乩，帝三忠二薛池會，賀枳神乩威顯靈。」祝賀萬安堂彩乩活動圓滿，非但諸王爺神威顯赫浯島，且立下浯島新乩彩新乩的首例。

　　道教中乩身服裝的穿著不外赤身衣裙兜、持令旗，有的穿禁口，有的則無。最特殊者應屬大宋三忠王的乩身張王爺的穿扮：「白長衣黑長褲，出巡黑鞋黑色令旗，不穿禁口。」根據乩示文輯錄載張王爺乩示：「因吾神起源於儒教，吾乩身就不須像一般道教乩身穿禁口、裙兜，清朝前吾扶乩是如此的。」「入道教到浯島本廟，吾才隨俗沒穿鞋……第三次及第四次沒彩成，這是第五次。吾乩身若全身穿白乃儒教之衣，如果穿白長衣、黑褲子乃道教之服。」這也透露讓信眾了解儒、道之不同處，也更深一層認識儒、道宗派在民間信仰上確實早已融入合一。

　　依萬安堂管理組織規則，若被選中之乩身或壇務人員不得再兼任管理委員會之職務，所以原任管理委員會的張主任委員，因機緣關係已被挑選為張王爺的乩身，理當辭去主委一職，只要「單單純純做吾乩身和修道人即可。」原來張王爺曾乩示：「在清朝時他（張主委）曾是吾乩身，當時的兩位桌頭也就是現在的兩位桌頭」「吾與他的心意很容易溝通」「吾與你們三人因緣甚深」。原來作為萬安堂的乩身渠等宿世因緣早已冥冥之中有跡可循，也讓信眾了知佛道轉世的因果輪迴、宿世因緣確實存在，只是人們不敢相信而已。因為「神威之所在，盤古由來誰能說分明。」

## 肆、弘揚王爺文化

　　歷來對王爺文化的界定或詮釋，可謂泛泛籠統，零星片語，空有一詞，找不到符合大眾的解釋與內容。

　　到底什麼是王爺文化？筆者試從「萬安堂歲次己丑年彩乩乩示文輯錄」中，還有個人認知或可定義為：王爺文化是傳統民

間宗教之一環，以王爺為中心，舉凡與王爺有相關之活動，諸如宮廟、神尊、彩乩、作醮、祭典、科儀、出巡、掃境、神輦、臨壇、乩示文、物等地方性特殊宗教文化皆可謂之。

沙美萬安堂在管理委員會的運作之下，極力發揚王爺入世關懷精神與文化，臻至揚善化育、勸善規過之功能，除了硬體宮廟公園化的修建外，近年來對於文化方面的建設，更是不遺餘力，諸如先後出版「萬安堂各神尊彩繪石雕故事集」「萬安堂各尊王爺乩示文輯錄」「萬安堂歲次己丑年彩乩乩示文輯錄」等，有系統整理的宮廟乩示文檔案，充實地方宗教文獻，舉辦金門第一屆道教文藝季活動，推廣進香、作醮、巡境鎮五方廟會、吃三牲果等活動，寶貴的無形文化材得以妥善保存展示，作為教育及文化拓展地方之資源，並以厚植觀光資源，這恐怕在兩岸之間也不多見。

從「萬安堂己丑年彩乩乩示文文輯錄」內容中，讓人感受到王爺的神氣、威靈、莊嚴與慈悲，如同一位心靈的導師，指引一條希望與修行之路。「體會什麼是真正的神明，並蒙受祂們慈悲的眷顧。」

以下謹揭櫫二三王爺乩示文、詩句、勸善文句以分享善眾，並藉以流傳廣佈：

一、陸王爺秀夫乩示詩：

有喜有歡同一堂，不必費心枉心機，吾是陸夫事有之，三多之事永猜疑，弟子不必費心機，吾兄吾弟同一心，萬安可比是天池。（98.05.11亥）

二、薛府王爺聰仁乩示詩：

勤以多做事，慎以莫多言；時時感恩心，刻刻省己身；
修身與養性，行中庸之道。共勉之。（98.06.08巳）

三、張王爺世傑乩示詩：

萬安香火繞天庭，安民保境是吾職，堂堂堂內大正神，彩
乩機緣奇中奇，乩身來歷深又深，記父記母記妻兒，念天
念地唸神恩。（98.04.24）

恩恩怨怨輪迴轉，怨怨恩恩轉輪迴，緣緣因因六親結，因
因緣緣結六親，是是非非定論難，非非是是難定論，真真
假假笑吟吟，假假真真吟吟笑。

（98.04.24）

歡樂過一日，鬱悶一日過，歡樂養身性，鬱悶身性養，
同過與同養，修為境不同，淨土與地獄，思維一線間。
（98.05.14巳）

順事觀心不見心忠孝節義考真心，
逆境修性見真性名煩利辱驗本性。（98.07.23申）

四、文信國公天祥乩示詩：

忠於國忠於鄉忠於家忠於職守，孝須順孝須真孝須誠孝盡父母；節正氣節儉樸節情操節及配偶，義教子義誨女義傳家義行同根。（98.07.07辰）

五、乩示文：

「以前神比較好當，現在神不好當，神也要配合時代潮流與進步，神的思想也要配合改變，以前神講的算數，不須溝通，現在進步的神也要講溝通。」（98.04.2戌）

「吾筆頭及桌頭從今以後，行事行為要注意，行事要謹慎，說話要小心，行為要謙虛有禮貌，勿好大喜功。」（98.04.27戌）

「凡事不可因人之心而有美醜之分，神威之所在，盤古由來誰能說分明，切記，切記，心中有神，善惡分明。」（98.05.14戌）

「吾乩身也必須配合吾，修正一些不雅嗜好，正氣乩身就要有正氣樣。」

（98.04.29巳）

「既然是發誠心當壇務人員，就要互相多包容，其實多做少做，壇上之神均看得很清楚，吾神與你們共勉。」（98.08.08巳）

「今日整個社會風氣問題，天災地變人禍不斷，此即所謂
的『地、水、火、風』四大不調，而地藏菩薩表地、文殊
菩薩表水、觀世音菩薩表火、普賢菩薩表風，四大菩薩具
足轉化『地穩、水靜、火息、風平』之功德力。」

（98.06.22戊）

　　以上所舉雖只是吉光片羽，或挂一漏萬，但多少說明了王爺
們大慈大悲憫眾生的宏願。也讓信眾感應到眾善奉行、諸惡莫作
的道理，更甚者得知自己與自家眷屬的宿世因緣。

## 伍、結語

　　道教是中土最早的宗教，也是中國本土的宗教，其中王爺
文化至少已有三百多年的歷史，金門難得屬於有神、佛的中土，
又深受閩南文化影響，各村落角頭宮廟主祀王爺最多，一年中舉
辦各種作醮慶典及巡境、壇務等活動，無形中早已有王爺文化存
在，但很少有如萬安堂管理委員會對王爺文化的落實、弘揚與保
存文獻的工作。

　　「金門縣沙美萬安堂歲次己丑年彩乩乩示文輯錄」正好是一
本認識有關金門王爺文化參考的好資料，尤其對保存珍貴的道教
和廟宇民俗文化文獻，留下亙古的文獻記錄與典範；對指點善男
信女重整人生的價值觀、潤化心靈、勸善醒世、易俗移風、或化
導社會乖戾之氣、締造祥和氛圍的社會，可謂厥功甚偉。

　　在數位科技的年代，也有人對乩示文等認為是「迷信落

伍」、「怪力亂神」，其實任何宗教，只要誠心虔求，效果都是一樣，個人宗教因緣雖不同，但只要有誠心善心，就不必區分信哪一類教派；修正狹隘的宗教觀，用更寬闊的包容心，不以管窺天，批判他教才是正途。

　　曾擔任萬安堂管理委員會第三屆主委的張雲盛老師認為王爺的乩示文，無非希望能促使有緣人以清淨心、修道心、存正心去雅賞，如此在宗教修行的心境上，將會裨益良多。「須知曉魔障屏起，要靠本身內性之修練，不能壞在一念之間，就此成為魔。定須知曉，有人千般來化解，有人千般來造成，壇事、凡事一念之間，修善便為佛。」修善便為佛，即是醒世勸善的至理名言。

　　其實，金門的王爺文化是在地化的傳統民間宗教文化之一，富有歷史，十方善信有責任讓世人對金門傳統宗教文化有更深一層的了解，或者呼籲鄉親珍惜並弘揚金門傳統王爺文化，將金門傳統宗教文化建檔、e化廣傳十方，永世無疆。

# 「化陰為陽，道光重現」
## ——從東門代天府的牌樓談起

　　最近凡走過東門菜市場附近，眼尖的鄉親一定會注意到，視野不同了，怎麼發現了一座新宮廟呢！原來位在代天府前與民族路邊的店屋和戲臺拆除後整個明堂豁然開闊起來，原本就轟立在珠浦東路的代天府就冒了出來。宮前立起新的牌樓後，則明堂進深有度，出入有序，使整座代天府建築空間布置產生不一樣的視覺效果，帶給十方善信新鮮的感覺，也化解了鄉親們胸中不少的疑惑。

　　東門境代天府，俗稱（王爺宮）：始建於明朝萬曆年間，迄今已有四百餘年的歷史。

　　代天府曾歷經多次整修，其中於民國卅三年遭受日本飛機轟炸受創，乃於民國五十四年籌資翻建，六十八年再度翻修，最近一次在民國八十年鳩工重建，八十二年完工，廟宇仿效宮殿式，屋頂為重簷歇山式造型，水泥鋼筋構造，廟貌高聳巍峨、屋頂裝飾華麗，正殿、拜殿藻井雕樑畫棟，氣勢雄偉、美輪美奐，香火鼎盛，是地區著名宮廟之一，更是東門里住民的信仰中心，平日交誼聚會的處所，也是住民信眾信仰膜拜的廟宇之一。

　　由內殿一副聯語：「府中祀溫池共仰巍峨千歲殿，廟畔臨山海同霑嚇濯王爺宮」略知代天府的歷史。宮中主祀溫府千歲、

金府王爺和池府王爺，以池王爺神駕威靈顯赫，遠播四方，最為人們所樂道。其中又可分為大王、二王、三王等，三王如兄如弟、各司其職、庇祐眾生，保境佑民。

東門境代天府神威顯赫，庇祐群生，民國七十七年乃有旅居臺灣的東門弟子黃水金、王振慶發心捐建戲臺，作為廟方建醮酬神演戲之所，當時也深得境眾的認同。不久，又在宮前和戲臺之間搭建高聳半拱圓型遮雨棚，作為境眾與里民辦理活動之處，一來可遮雨，二來可避日照。後來又在戲臺後增建二樓店屋，樓下出租並收取租金以充代天府基金會管理之費用，樓上則設為社區協會等辦公之處所。

自從宮前被建物所阻擋後，加上宮前增建的遮雨棚。近二十幾年來看似相安無事，但每逢三元九運流年到時，所產生的元運（宇宙週期的掌握）理氣吉凶效應，無形中影響到居住在境中的百姓，或造成地方的災厄，或居民之間的不和諧等現象，這也說明俗諺說：「無宮無廟、鄉里不興」和及易經的：「吉凶悔吝」其中些許的道理。再且地區開放觀光以後，如潮水的觀光客一定要到「大陸街」（莒光路一帶）觀光購物。遊覽車停靠浯江北堤路後，觀光客從浯江北堤路走入民族路與莒光路交叉口，從來沒有觀光客會發現神威顯赫的「代天府」。就是一般民眾往來民族路、莒光路一帶空間視野也是被宮前的建物、戲臺和遮雨棚所遮

擋，而不知有氣勢雄偉、神威顯赫的「代天府」宮廟的存在，所以除東門本境善男信女外，遠來香客前來膜拜自然不多，香火自是平平。

從堪輿風水學角度探討，宮前廟埕明堂宜寬敞，明亮見天，不宜有障礙物，則氣場自然聚集生氣而有福，再且明堂同時也象徵「未來」、「前程」、「思緒」與「目標」的意涵，因而人的視野、眼光將會有遠見，這對地方自然是件好事。對照先前代天府前有遮雨棚遮天蓋地；又有戲臺受阻前途，陽氣衰，陰氣重，所產生風水效應，自是地方不靖、人事不安、眼界狹小、器量不足、開創有限。

可見陰陽二氣是天地自然中一切的事物和現象，陰陽二氣相互對立，又是互相依存、聯繫，可以互相轉化的。陰盛則陽衰，陽盛則陰衰，如太極圖此消彼長，是為天地宇宙變化和消亡的根源契機，進而深深影響著人世的興衰敗亡。

作為境主的池王爺，早已明示在先，只是一時因緣不具足，東門境眾弟子未能有所共識。適逢庚寅年六月十八日池王爺千秋作醮之日，代天府基金會董事請示王爺如何處理？時值祖王回廟乩示：

　　「爭名與利，到頭是空，戲妖不除，神威難展。」

因而董事會開會期間，為該不該拆除戲臺之事，董事之間形成兩派拉鋸戰，竟意見相左、心思牴牾，確實造成地方上人事的齟齬不合與不安，甚而五位董事聯名登報請辭董事一職之遺憾。

為了東門全境地方之利益，董事長王振權除了一再表示慰留之意，也與里長兼董事蔡祥坤召開全境鄰長會議以及訪談鄉紳、境眾、信士，對於拆除戲臺與二樓建物並改立牌樓乙座之意見，竟然受到無數信眾熱烈的支持與肯定。當然也不忘徵詢兩位捐獻戲臺者本人暨家屬的意見，沒想到也都得到善意的回應。

有一次在東門守望相助隊夜間執勤時，里長蔡祥坤兼大隊長曾詢問筆者關於拆除戲臺及建牌樓的事，筆者當場大表贊同，對代天府暨東門境是一件好事，不過拆了戲臺要謹慎，尤其對兩位捐建者要有所表示，里長說要如何做？筆者建議要雕刻文字內容以為表示。在里長要拜託下，筆者就寫下：

池王爺親手書寫之乩示文

池王爺親手書寫之乩示文

「此處原為戲臺，於民國七十七年弟子黃水金、王振慶所
捐建。今因千歲王爺乩示，宜改建牌樓，以增廟宇之光
輝，特此之誌。代天府謹誌。民國辛卯年荔月立。」

　　現在這些文字就雕刻在右大石柱的邊上，以告來者知悉並為
誌念。

　　里長因而力排眾議，自願獨捐牌樓一座。嗣後就在辛卯年（民
國100年）四月二十八日代天府基金會部分有心董事，啟程前往馬巷
元威殿祖廟再度請示祖王池王爺，祖王乩示：

　　化陰為陽，道光重現；蒲月初七，廟埕中光。

　　從乩示文內容中，可知池王爺顯然早已同意拆除戲臺，從
此代天府廟埕化陰為陽，光明重現；就在蒲月（農曆五月）七日
正式開工，廟埕將現光潔明亮。果真如祖王所乩示，代天府的戲
臺、二樓建物經拆除後果然明堂開闊光亮，經過的善男信女一眼
即可看到高聳巍峨、美輪美奐氣勢雄偉的代天府。此時四方信眾
無不歡喜讚嘆、擊掌叫好，真箇是如王爺所乩示的：「化陰為
陽、道光重現。」代天府入口牌樓於農曆六月五日正式施工架
設，採用花崗石為基石，花板雕飾以青斗石為主，是一座四柱三
間三樓造型，高八公尺半，寬十二公尺。有三個可穿越的門洞，
明間最寬，寬達五公尺長，高有四公尺六；次間淨寬二公尺半。

　　屋頂採雙簷歇山式，正脊並以微揚向上的燕尾作束，每樓均
以三層的斗栱逐步疊架托住屋簷。屋簷以四面有坡落水的形式，

坡面仿木構式雕刻筒瓦、瓦當，兩邊落坡屋脊以海浪捲紋收束，顯得生動有致。這座牌樓架構特色是高聳而寬大，強調橫向開展，看起來氣派儼然壯盛，對照貞節牌坊四柱三間三層五樓的獨具特色外，不似後浦地區少數寺廟或宗祠前的牌樓山門稍感玲瓏小巧，當然整體造型與空間布置構建與比率皆各具千秋與風格。以目前金門地區而言東門代天府的牌樓不啻是最壯盛的一座。

　　牌樓頂樓屋脊飾以「雙龍護珠」雕飾，這是二龍護火珠的圖案，因龍能興雨防火災，而龍珠則是以火焰和水珠上下組合。如果火珠作太陽解，那麼就是二龍恭迎旭日東昇，也象徵陽光普照大地。再者，二龍對稱，龍體彎長，珠形滾圓，在構圖上自然也具有一種蓬勃朝氣的美感。從堪輿學上來說，龍為水族之首，龍珠是水中之珍寶，雙龍護珠就是象徵辟邪或祈福或聚財之強有力的圖騰吉祥物。

　　在頂樓簷下陽面區額以青斗石直書「奉旨敕封」四字，區額周圍則以龍紋裝飾，以說明王爺的官銜名錄與來歷。大額枋上方之區額則以隸書雕刻「代天府」三大字之宮名，說明正直代天行化，慈悲救國救民的大願。陰面額板之橫區則以青斗石書上「保境佑民」四字，說明諸王爺的神威職責，以庇祐子民，以安居樂業之意。

　　另四根石柱與樑、枋之間的雕刻花板，因不影響其結構，所以用質地佳的青斗石雕刻各種圖飾，內容包括三國演義、歷史忠孝事跡的人物與花鳥故事。陰陽面則各雕有一對「麒麟回首」瑞獸之姿，以及「花鳥香草」等的石雕，這些浮雕花板，構圖簡單有趣，裝飾十分優雅，是值得欣賞觀察的焦點。雀替又稱托木位於樑與柱的交接點，是三角形狀的鞏固構材，是以青斗石雕鏤各種吉祥花草飾紋，使整座牌樓在陽剛中更顯陰美柔和的一面。又

在上下額枋之間與四石柱交接之處，陰陽兩面各以青斗石雕有八面獅獸頭做為裝飾，益顯四石柱的視覺的美感，獅子為百獸之王兼有辟邪趨魔的意涵。

牌樓挾杆石則以青斗石雕成四對石獅座，獅座乃在穩定柱石並有辟邪鎮宅、威赫氣勢及裝飾美化的作用。雄在左、雌在右之獅座，分立於四柱臺座上。雄獅造型為手戲彩球或撥弄雙古錢，雌獅則胸腹中懷抱小獅。雌雄二獅軀體略為轉向門內相互凝視，看似雄壯威武，又呈現護衛狀；頸間佩有頸圈與鈴鐺，張口微笑，溫和中不失剛武，頗富情味；似在明示歡迎蒞臨之意。雄獅足下幼獅成仰立投抱狀，洋溢嬉戲及天倫之樂，更象徵著家庭溫暖之深情。

四對石獅座下基石板堵三面雕刻有已彩帶環繞琴、棋、書、畫、犀角、芭蕉葉等民間八寶中的六寶吉祥圖案。以琴棋書畫象徵詩禮傳家，文章華國之意。犀角則象徵吉祥勝利，芭蕉則可招來吉祥與勝利。四對獅座裝飾圖案處處顯現吉祥氣息，也滿足善男信女內心虔誠祈求的心願。

入口牌樓四柱之楹聯文字內容則敦聘地區書法名家張奇才居士撰寫，中柱陰陽兩面的門聯第一個字都嵌著「代、天」二字宮名，如：

「代傳孝義民安國泰景風淑，天錫嘉祥物愷時雍氣象新。」

也有將鎮東地名嵌在門聯上，並將祀奉之神的神名嵌在對聯上，如：

陽面邊柱聯：

「鎮境延禧溫府護佑康寧壽，東城集瑞池王隆興富貴春。」

陰面邊柱楹聯：「鎮境顯神威護國恩波廣，東邊雄廟貌安民德澤長。」

但這幾副門聯字體，包括匾額之字皆使用電腦字體雕刻而成，非常可惜未能禮聘地區書法名家之墨寶拓雕，委實失去不少人文的價值，也是整座牌樓最美中不足的地方，令有識者嘆息扼腕不已。

當然代天府拆除戲臺，與建牌樓本是地方的大事與喜事。代天府莊嚴壯盛的牌樓除作為神聖空間的區隔之外，更妝點得別具風采，亦具有多元的社會功能，充滿歷史底蘊和極為豐富的人文內涵與及民間文化藝術的氣息。

從此，在堪輿上代天府也得到明堂的風水效應，坐旺山旺向，青龍白虎砂有護，明堂開闊，先天、後天之水位，即可預知

代天府神明將神威再展，地方不祥之氣將化解，而十方境眾、信眾將受享千福與萬安。

　　最後，筆者願在此引用地區某著名宮廟王爺乩之示文，以作為所有善男信女相互勉勵焉，並作為本文的結語。

　　「世人以為只要求神拜佛就能夠得到保佑，錯，古人有云：要神也要人；即神作勸世建言，人也要自己懂得如何去佈施累積功德，如此當妳面臨業障病境現前時，求神護佑，神到東西嶽、南北斗，才能替妳講得上話，吾查看過東嶽功德簿，信女善功累德寥寥可數，信女現深受怨魂干擾致病痛苦，此事信女回去後，一要多虔求東西嶽，二要多佈施行善累積功德，如此才能漸漸化解（100.02.06.戌.）。」

# 東門境代天府簡介

　　東門境代天府，俗稱（王爺宮）：始建於明朝萬曆年間，迄今已有四百餘年的歷史。

　　代天府曾歷經多次整修，其中於民國卅三年遭受日本飛機轟炸受創，乃於民國五十四年籌資翻建，最近一次在民國八十年重建完工，廟宇仿效宮殿式水泥鋼筋構造，雕樑畫棟，氣勢雄偉，美輪美奐，是東門里住民的信仰中心，平日交誼聚會的處所，也里民信眾信仰膜拜的廟宇之一。民國100年將廟埕前的戲臺及商店拆除，就地改建一座四柱三間巍峨精美的牌樓，更增添代天府的形式風光。

　　由內殿一副聯語「府中祀溫池共仰巍峨千歲殿，廟畔臨山海同霑嘛濯王爺宮」略知代天府的歷史。宮中主祀溫府千歲、金府王爺和池府王爺，以池王爺神駕威靈顯赫，遠播四方，最為人們所樂道。其中又可分為大王、二王、三王等，三王如兄如弟、各司其職、庇祐眾生。

　　相傳東門境代天府溫府千歲、池府王爺、金府王爺：千歲名裕春，其史蹟已因年湮代遠而無稽可考，然千歲本神化世人，故為地方百姓精神之所寄，故尊為代天府主神。

　　池王爺分靈自大陸同安馬巷元威殿。池王爺生於明萬曆三年（西元一五七五年），名然，字逢春，號德誠，又名連陞，後調任漳州府道臺時，在中途巧遇瘟神，因用智取瘟藥而吞入肚中，

頃刻毒發面黑而身亡，結果殉身而救漳郡生靈。後漳郡耆老於夢中得知，王爺並現身像於里社，後附人身而顯靈，鄉人受其仁德感動，於是為王爺塑像立祀，靈應異常，香火鼎盛，第二年始建元威殿祀之，玉帝敕封為「代天巡狩」。

民國九十二年SARS蔓延，人心恐慌時，池王爺早在半年前乩示本境弟子將有不淨之物侵擾，告示善男信女謹慎小心。里民信士聞訊亦透過管道爭先索取，以保家戶平安，池王爺威靈顯赫，除瘟斬邪的神力受到城區四里善男信女的崇信。

東門境代天府，每一年城隍爺遶境巡安，全體里民組成陣頭，參與城隍遶境的活動。尤其「蜈蚣座」的演出，充滿歷史故事，極具可看性，最吸引目光的陣頭，因此成為每年農曆四月

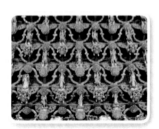

十二日迎神賽會的要角。公揹婆又叫尪婆陣，代天府傳統藝陣最大的特色，就是由一人分飾兩個角色，上半身穿著女裝為婆，下半身為老翁，扮像逗趣，格外討喜。

　　東門境代天府縣經營模式為財團法人，境眾組織成立「東門里代天府財團法人管理委員會」，現任董事長為王振權先生。歡迎十方信眾，參拜威靈顯赫的王爺，祈求家境平安，事業順利。

（圖文來源：東門是我家‧王振漢）

# 金門後浦「四月十二迓城隍」

## 一、緣起

清康熙十九年（西元1680年）清總兵陳龍將總兵署自金門城移至後浦，並於四月十二日將城隍爺分火到後浦奉祀，此後就以農曆四月十二日作為後浦城隍爺遷治紀念日。從此衍生金門年年熱鬧舉行的四月十二迓城隍的歷史活動。

民國一百年是「浯島邑主城隍遷治331週年」紀念活動，由輪值爐主南門境信眾備旗、鼓、神輦先於前一日前往城隍廟請出「作客」的神明的迓城隍活動。金門縣政府為因應建國百年，特別盛大舉辦金門迓城隍活動，希望國人可以前來共襄盛舉。

## 二、城隍巡安遶境

後浦迎迎城隍為金門地區最大型廟會活動、也是重要的宗教信仰中心及民俗文化表演活動。

四月十二的迎城隍，這一天是後浦神人共歡的日子，城隍爺遶巡城區大街小巷，莊嚴的神明隊伍，及四境的神輦、化裝、鑼鼓車隊等陣頭、隨香的香客，加上來自金門各地的善男信女，非常恭敬加入迎城隍的行列，把後浦鋪陳得熱鬧非凡。

民間認為城隍爺是個綜理地方大小事務的陰間地下縣太爺，城隍爺即是陰間的地方官，旗下就有許多各司其職的部屬，為其分擔地方大小事務。文、武判官是城隍爺重要的左右手，因此，不管走進那一座城隍廟，都可以看到文武判官隨侍在城隍爺兩側，文判官手拿生死簿，記錄個人生平善惡功過，掌管人間壽數；而武判官則在判決後，負責執行懲處。

城隍遷治巡安的陣仗，依序主要是：城隍遷治紅彩、紀念旗前導，依序是了亞托燈、馬上吹、范謝將軍、顏柳督察使、恩主公陳淵、關聖帝君、蘇府四千歲、媽祖會香陣、旗牌、執事、瓜錫、董牌爺、文武判官、南管、香燈、鄉老、道士、香擔、神駒、十音、天女散花、城隍聖駕、遮陽涼傘、粉閣、隨香信眾、及四境香陣，讓後浦小鎮出現萬頭鑽動的盛況。

迎城隍無論軌儀、神輦、陣頭、香路等保留清朝以來的傳統特色。四月十二迎城隍活動是閩南文化的代表之一。流傳全今已歷三百三十一年，整個巡安隊伍中，除了四境各陣頭外，還外加入其他外來的元素，使得每年的活動內容更增添看性，成為金門

南門陣頭「打花草」

打花草之兒童裝扮

地區歷久不衰的大型民俗活動。

## 三、南門境陣頭

　　南門境的陣頭裡有較多的神輿、旗幟，最有趣的是由小朋友妝扮而成的「打花草」。「打花草」的迎神廟會活動中已經有超過五十年的歷史，內容引用中國傳奇故事，描寫鄭元和赴京趕考，未求得功名卻先沈溺於青樓裡的花花草草，致流落街頭當乞丐，後得青樓女子李亞仙鼓勵立志痛改前非，埋頭苦讀，最後終於中了狀元，整個故事也有了圓滿的結局。

　　參與演出的小朋友分別扮演生旦、花婆，乞丐，一團從七人到十二人不等，而參與的男生表演者有的要打赤膊，並在身、年紀臉上彩繪。這個陣頭也有人稱之為「拍胸舞」或「打七響」。小朋友的妝容和自然不矯作的肢體語言，左右搖擺起舞，展現乞丐間嬉、戲的氣氛和整齣劇的鄉土特色。鄭元和「打花

圖為金城鎮長雙手舞龍頭

草」表演，參與演出的小朋友分別扮演生旦、花婆，乞丐，一團從七人到十二人不等，並以南管的「三千兩金」做背景音樂。

因為小朋友要上學，有時在踩街活動時也會由年紀較大的爺爺奶奶粉墨登場客串演出，而參與的男生表演者有的要打赤膊，並在身、臉塗上彩繪。動作依序雙手合拍（一下一響），再拍打大腿上側（兩下兩響），然後雙手交錯互拍肩膀（或手臂，兩下兩響），最後左右拍打前胸（兩下兩響），七個動作必須很快完成，並重覆數次，這個陣頭也有人稱之為「拍胸舞」或「打七響」。

## 四、千人蜈蚣座，列入金氏紀錄

2011年農曆四月十二日迓城隍活動，金城鎮公所新增蜈蚣座陣頭參與城隍遶境活動。人力蜈蚣座向來就是地方陣頭的一大特色，流傳的歷史已有數百年之久，有關於蜈蚣陣的說法，則是五毒之一的毒蟲，民間認為蜈蚣座具有驅逐邪魔、消災招安的功

能，因此在廟會時可作為神輦的先驅隊伍，具有消除毒害的鎮邪功能。蜈蚣是毒蟲，民間信仰認為蜈蚣座具有驅逐邪魔、祛災招祥的功能，因此在廟會遊行時可作為神輦、神轎的先驅隊伍，具有開道的功能。

「蜈蚣座」是金門「迎城隍」最特殊的陣頭，由多塊長片木板串接而成，可左右活動，每塊木板有兩個座椅，由小孩子妝扮後坐在上頭。相傳具有驅魔招祥開道功能，成為金門迎城隍遶境巡安特色。

為慶祝建國一百年，金城鎮公所特別組成一千兩百四十六人參與的百節純人力肩扛蜈蚣座陣頭，繞行金城鎮市區一千六百八十公尺，並向總部設在英國倫敦金氏世界紀錄申請認證，獲得金氏世界紀錄認證官奧佛的授證，到金門參加「迎城隍」，感覺傳統藝陣繽紛精采，民眾熱情參與，認證過程充滿驚喜。已獲得世界紀錄的「蜈蚣座」。圖為金城鎮長雙手舞龍頭由純人力肩扛蜈蚣座陣頭至今罕見，加上全長有一百七十六公尺，首次以中華民國名義獲得金氏世界紀錄授證，為城隍遷治三百三十一年歷史廟會寫下新紀錄。

每年農曆四月十二日都是金門金城鎮「迎城隍」的大日子，除了各式廟會、陣頭、慶典外，異地遊子也紛紛回來參加城隍繞境，祈求全年豐收、順利平安。

壬辰年（2012）「金門迎城隍」活動擴大舉辦，從國曆四月九日起，一路熱鬧到五月六日，為期一個月，這是跟往常不一樣的慶祝活動。

來自閩、臺、金兩岸三地的城隍繞境巡安。來自臺灣地區的輦駕金身進行「鑽轎腳」儀式，吸引大批信眾爭相伏拜，讓神

尊輦駕從上而過沾染神氣與好運。臺灣的二十尊城隍宮廟神尊在金城地區展開繞境巡安，各宮廟陣頭大顯身手、盡秀絕技，看得地區民眾是大開眼界、神氣十足、熱鬧滾滾，而全國城隍聯誼會廿六家城隍宮廟、廿七神尊和八百餘人遶境巡安之後，全國城隍聯誼會在城區老街開始遶境巡安活動，慶祝浯島邑主城隍遷治三百三十二周年慶典遶境巡安，來自城區及外鄉鎮、大陸各城隍宮廟和陣頭參加。有來自臺灣和大陸的城隍、神轎、陣頭都來到金門參加浯島邑主城隍遷治三百三十二周年慶典遶境巡安活動，並可一起迎城隍、扛輦保平安的活動。

## 五、結論

　　金門迓城隍活動是以宗教文化動結合觀光，並由各鄉鎮陣頭參與廟會、扛輦陣頭體驗、蜈蚣座、及各種陣頭、踩街遊行等均

是創舉，讓廟會更多采多姿。

　　「迎城隍已經金門人共同的符號與象徵」，每年更有旅臺及東南亞的華僑返鄉盛會，希望薪傳文化香火，進而打造為觀光的亮點。

　　浯島城隍遷治遶境巡安慶典活動，壬辰年兩岸三地城隍大會師，有來自臺灣地區的二十七間城隍宮廟，也有來自大陸廈門、泉州海澄都等二十家城隍宮廟共赴盛會；閩南民俗藝陣大匯演、尬輦大會等，透過閩南民俗戲曲、劇藝、陣頭、藝閣、老揹少、十二婆姐、打花草、蜈蚣座等表演，閩南特有的傳統藝陣、民俗文化，盡在這一次以「兩岸三地、閩南文化、宗教科儀、復古陣頭」為題的迎城隍活動精彩發揮、豐富呈現、鬧滾滾的廟會盛況。

# 後浦市集寫真

　　阿榮伯數十年來，透早就出門，不論風雨，用雙肩挑著自己和牽手種植的蔬果，來到到菜市場販售，賺取微薄的生活費。

　　原來阿榮伯是住在金寧鄉嚨口一個偏僻的小農村，打從小時候就常常伴隨雙親一腳一印，從事農作，隨在父親的左右學習各種農事；也常在天未光，狗未吠時牽著父親的衣角，一步一履走到後浦的市場，見見熱鬧的市場，享受市場忙碌的氣氛，當父親把滿籃的高麗菜販售給批發商後，大都能和父親一起享受後浦街上，名聞遐邇的廣東稀飯，這是他與父親最甜美的時刻，也是阿榮伯記憶中最懷念的一刻。

　　如今，市場依舊，市況更顯繁榮，但父親早已不在，阿榮伯還是每天用雙肩挑著一擔親手種植的蔬果，步步走到是市場販售，只是當年的廣東稀飯已換了人，味道也走了樣。

　　歲月老了，孩子一個一個遠離飛去，但阿榮伯還是一擔菜籃，安然走在後浦的菜市場中，只是擔子似乎愈來愈重，身體也愈來愈彎了……。

　　其實，市場上每天都有來自小島上不同的攤販，就近在市場、街道邊隨意擺上自己種植的蔬果販售。

　　就如圖中的清標伯他賣的是自家種植的南瓜，一顆顆紅橙橙的南瓜，圓圓滾滾躺在籃子裡，等待顧客的來到。而大多數是頭

阿榮伯肩上的擔子

紅橙橙的南瓜

髮斑白的老者，這些老者勤勞耕作，雖然耕地不大，但一方面可以鍛鍊身體，養成勤勞習慣，二方面可以消磨漫漫時光，三方面可將吃不完的蔬果，分享左鄰右舍，建立起感情；再者挑到市場販售，與人交往，當在討價還價聲中，讓自己的腦袋瓜、自己的內心踏實與快樂多了。

　　雖然大多時候只是幾百元的收入，但是已經讓人笑臉盈盈了。當然，還可聽聽市場的馬路新聞，大家互相傳播與交談討論，偶而還來一些肢體的語言，更不忘來幾句評論！評論！這就是市場人生啊！

　　就像阿良伯也一樣，老伴走了，孩子也一一離巢，遠走高飛，雖然常打電話回來，要阿良伯到城市去享受天年，孩子的孝心心領就好了，還是認真守著家中的幾畝薄田，守著祖宗，守著幾位老朋友要來踏實多了。

阿良伯的番薯

滄伯的好刀法

　　今天阿良伯到過冬的番薯田中挖些番薯回來，沒想到一畦過冬的番薯個個長得肥大又香甜，今年的收穫比往年要好一點，除了做成番薯籤之外，再送些給親朋好友品嚐，但還是剩下很多，只好用人力手推車推到後浦市場賣，順便買些生活的日常用品回來。個個香甜肥大的番薯有序排列堆疊在一起，就要等待識貨的人來買呀！

　　阿良伯不時口中還喊著「過冬五號番薯」「香甜又好吃」！「過冬五號番薯」「香甜又好吃」！「俗賣」「俗賣」。無奈今天的生意不太一樣，上門的都說：還未吃完，還未吃完，下次再來買。也只能坐下歇歇兒，看看市場週遭的人群，掩飾心中幾許惆悵的滋味。眼看旭日高照，手推車中的番薯還在，也只好推回家，明天再來了。回想過去數十年在市場穿梭來回，起起落落的人生在市場中每天扮演著，這一車的番薯又算什麼呢？也許明天市場會來一

批新的客人？市場如人生，明天總是充滿希望。

　　後浦的市場，也算是一個完整的機能市場，有雜貨店、有菜販也有肉商，顧客熙來攘往，人群擁擠，也才洋溢那種生機、那種熱鬧的氣息。

　　火炎阿伯在市場肉商中算是老店了，到他手上是第三代了，在肉商中算是最有名氣的，因為人好親切，加上肉品新鮮，不會偷斤減兩，每天都有固定的常客來消費，往往早上十點以前豬肉都已銷售殆盡。要買的還要事先預約，或明天請早。

　　火炎阿伯一大早，就事先把豬體一一分門別類，用熟悉的專用刀切割清楚，諸如里肌肉、後腿肉、梅花肉、五花肉、排骨、蹄膀等等，排好在攤位上，等待顧客上門。圖中是火炎伯在切割里肌肉的專著的神情，看他一刀一刀來回切割著，也將生鮮的豬肉的甜美味滋味映滿人們眼簾，深深吸引人們的目光，這是市場中令人悸動的一刻。

　　俗諺說：「吃魚吃肉麻都菜甲。」在後浦市場一家店面騎樓下，因家暴而離婚的美英阿姨，默默守著一片蔬菜攤。本想過著幸福美滿的生活，因為丈夫車禍而性情大變，三不有時就會對美英阿姨動粗，在長期家爆的陰影之下，最後在娘家幫忙之下離婚在市場的一角討生活，因為還有兩個嗷嗷待哺的小孩要養，生活是現實的，即使是千辛萬苦的擔子，也要隱忍承受起來。

　　一大早美英阿姨批發了各種當季的新鮮菜色，有蔥、有茄子、有紅蘿蔔、有……各色各類的菜堆疊在一起，任客人挑選。就在此刻，朝陽揮灑而來，所有的菜好似穿上一件金縷衣，那麼耀眼生輝，充滿生命力。

雖然擺攤賣菜是辛苦的，但能自食其力，養活家人，也是市場人生中最有尊嚴的。從賣菜中看盡與體會人生的種種，有一種人生是最堅強而可貴的，那就是市場人了，每天如實在後浦的市場中一再扮演著。

# 民俗文化、民間信仰及主要節慶活動

## 大綱

一、前言

二、民俗文化

　　1. 民俗的意涵

　　2. 民俗的範疇

　　3. 民俗的特徵

　　4. 民俗的社會功能

三、民間信仰

　　1. 民間信仰的意涵

　　2. 從諺語中認識民間信仰

四、主要節慶活動

　　1. 節慶活動的意涵

　　2. 從諺語中認識節慶活動

五、金門沙美萬安堂簡介

六、結語

# 一、前言

文化是人類生活經驗的累積，也是人類智慧的結晶。

以河洛人為代表的河洛文化、客家人代表的客家文化與外省人帶來的新文化，同時，還有原住民所代表的南島文化。除此之外，由於臺灣受荷蘭、日治時期統治影響，加上歐風美雨的浸染，臺灣文化也染上了日本、歐美等地區的印記，在臺灣島上共處融合。

與曾經受到文化大革命洗滌和蘇聯文化影響的中國大陸相比，臺灣文化具有更鮮明的中國傳統色彩。很多在中國大陸已不被熟知或消失的中國傳統習俗文化在臺灣得到了傳承。

臺灣文化的研究雖然範圍包羅萬象，但觀察到「臺灣民俗」與「臺灣文化」是最密不可分、最具特色的一個區塊，同時也是最貼近臺灣這塊土地與人民的生活。

臺灣的民俗文化資源相當豐富，民間的信仰及儀式行為表現在許多不同的生活面向上，如自然崇拜、祖先崇拜、神靈信仰、歲時祭儀、民間傳說、神話故事、歌謠諺語、符咒法事以及鎮煞厭勝等。同時也自然形成一種約束力，規範著人們的行為。

俗話說：「十里不同風，百里不同俗」，這種習俗就是文化的一個主要構成部分。而「民俗」是民眾生活文化的表徵，是大眾普遍認同且共同遵循的風俗習慣。

在臺灣傳統社會中，民俗活動即是生活中的一部分，兼具酬神、娛人等多重功能。但隨著時代的演進，許多傳統民俗已經失去它的原始功能，逐漸淡化其社會意義且簡化繁複的程序，但

我們可以轉化或重新賦予它新的時代意義，使傳統民俗融入現代生活，延續傳統新生命，使民俗文化不再只是依附農業生活而存在，進而增進學習者認同並接受臺灣文化。

把「民俗」視為「民間文化」，或者說民間的傳統生活習俗。因為民俗主要產生並流傳於民間，這種習俗乃是由於人們生活在一起，經長期共同養成的一套習慣或生活方式。

所以「民俗」是由民眾所創造和傳承的風俗習慣，也就是流行在民間的風俗。

「民俗」反映一地一族歷史之社會、經濟、文化、心理、性格等諸多方面的文化面向，具有不同文化的特色，內容豐富而多采。


## 二、民俗的範疇

民俗的範疇，是十分廣泛的，包括人們食衣住行的習慣、生老病死的禮俗、生產經營習俗、信仰崇拜、歲時節慶、傳說故事、文學諺語和禁忌等。

歸納後不外乎有下列幾種：

◎生命禮俗：人生（生老病死）歷程的規範

　＊生育禮俗──家族生命的延續

　＊成年禮與壽誕──人生的每一階段

　＊結婚禮俗──繁文縟節，以示慎重

　＊喪葬禮俗──告別生命的禮儀

◎歲時節令：生活作息的調節

　＊過年──調養生息、重新出發

　＊元宵節──祈求財、子、壽的三大願望

＊清明節──慎終追遠、飲水思源

＊端午節──除瘟避邪的節日

＊七夕──成年禮

＊中元節──悲憐孤苦，普及幽冥

＊中秋節──全家團圓，月亮的傳說

＊重陽節──祭祖敬老

＊立冬、冬至──補冬補嘴孔；冬至大如年

＊尾牙──吃尾牙面憂憂，吃頭牙撚嘴鬚

◎民間俗信與民俗療法：尋求心靈的安慰

　＊民間俗信：

　　擇日、卜卦、地理風水、安太歲、補運、改運、沖喜

　＊民俗禁忌：

　　忌斷掌、忌殘留米粒、忌不淨者、七月禁忌、過年禁
　　忌、屬虎禁忌

　＊民俗療法：

　　收驚、刮痧、斬皮蛇、吃香灰、祭煞、化刺

◎宗教信仰：心靈的依靠

　＊宗教信仰的社會功能：撫慰人心、勸善教化、安定社會

　＊神明的分工與職責：

　＊臺灣最熱門的神明：天公、三界公、土地公、玄天上
　　帝、保生大帝、媽祖、佛祖、觀世音菩薩、關聖帝君、
　　王爺、太子爺、城隍爺、仙公。

　＊金門神明排行榜：王爺、玄天上帝、關帝爺、觀音、保生
　　大帝、媽祖、城隍爺、五嶽大帝、萬神爺、李光前將軍。

　　＊臺灣的陰神崇拜：

　　　有應公、百姓公、萬善爺、大眾爺、水流公、大墓公、
　　　老大公、姑娘廟、將軍廟、義民爺、大士爺、地基主。

　　＊祭典科儀：

　　　遶境、進香、割火、送王船、乞龜、洗江淨港、暗訪、
　　　放水燈、搶孤、做醮、送孤、安五營、犒軍、過火。

◎占卜巫術：對未來的好

　擲筊、抽籤、卜卦、算命（手相、面相、摸骨……）、解
　夢、預兆、扶乩、牽亡、觀落陰。

從整個範疇來看，民俗實已包括了民間傳統生活的各個層面。


# 三、民俗的分類與特徵

◎民俗的分類，一般可分為：

　經濟：凡是與日常生活有關的衣飾、飲食、居住、運輸、
　　　　生產、工藝等皆屬之。

　社會：凡是與家族、宗族、語言、結社、聚落等有關的習
　　　　俗皆屬之。

　信仰：凡是有關神靈信仰、生命禮俗、歲時祭儀、巫覡術
　　　　士等的的習俗皆屬之

　遊藝：凡屬與慶典節日活動相關之遊藝事項皆屬之。

◎民俗的特徵：

　1. 具傳承性——代代承傳、年年再現

　2. 具變異性——民俗會隨時空轉變

　3. 具區域性——走一鄉要問一鄉

## 四、民俗的社會功能

◎彌補法令的不足

◎警世教化的功能

◎撫慰人心、安頓社會

◎經濟功能、刺激消費

## 五、臺灣民俗文化的危機與轉機

◎對傳統文化的疏離

◎教育媒體的誤導

◎賦予新的時代功能

◎揚棄不合時宜的民俗

◎保存臺灣的人文特色

## 六、認識民間信仰

◎探究臺灣的民俗文化，走上民間信仰的理路是必經之途。這個與新舊族群相結合的宗教傳統，帶有濃厚的地方性色彩，成為歷代臺灣人安身立命的傳統信仰，深深影響生長在臺灣這塊土地上的每一個人，以潛移默化之姿，活躍在臺灣人的生活之中。

◎臺灣民間信仰對神靈的崇拜非常虔誠，我們可從媽祖信仰的「進香」、王爺信仰的「送王船」、中元普渡的「放水燈」、金門的「迎城隍」等祭儀中，看到社會大眾對神靈的虔敬盛況，

充分反應出民間社會的精神凝聚力，這是常民生活文化的一環，深深影響人們的日常生活，深具相當的文化內涵與功能意義。

　　◎民間信仰並沒有其他宗教所具有的特定教主、經典、教義和嚴密的組織等現象，卻因吸收遠古以來的泛靈信仰、多神信仰、祖先崇拜以及儒道釋三教的思想，而能深植於民眾心目中。

　　◎民間宗教信仰中的神靈世界雖然複雜，但基本上可區分為天界、神明界、幽冥界，共同構成民間信仰中的「三界觀念」。

　　天界：　　　　　神明界：　　　　　幽冥界：

　　民間宗教中的神明，其實祂們各有所司。其行政組織，皆是以「人間」為藍本，而且都是古代的君權政體。玉皇大帝是最高的神明，祂統轄宇宙、治理三界，所有神祇皆在其統理之下。

　　若以人間的行政組織來看，在玉帝之下，管理著：「中央行政神」、「地方行政神」、「陰間行政神」等，其下尚可再細分。

## （一）神明的類別

### 1. 自然崇拜神明

　　◎在原始社會中，人們認為一些自然物和自然現象具有生命、意志、靈性和神奇的能力，並能影響人類的命運，因而將其作為崇拜的對象，向其表示敬畏求其佑護和降福，這是宗教最初的形式，充滿『精靈』與『神聖』的符號。

　　◎『天神崇拜』指的是天體、日、月、星辰、風、雨、雷、電等自然現象的神格崇拜；

　　◎『地祇崇拜』包括了對后土、山、河、海、各方土地等的崇拜，如民間普遍的土地信仰；

◎在『萬物有靈』的影響下，動植物，如猴神、大樹公；無生物，如床母等，都會成為崇拜的對象。

## 2. 鬼神崇拜的神明

　　民間神鬼崇拜的勢力龐大。一般人相信人在死亡之後，靈魂尚存於宇宙之間，對於人間禍福仍具有某種影響力，在此所指的神鬼，是因人類在現世死亡後，受到人間的祭拜崇奉而來，大抵分為三種類型：

　　一為「祖先崇拜」：後代子嗣祭祀紀念有血緣親情的列祖列宗；

　　二為「聖賢偉人崇拜」：生前造福地方，死後受到帝王敕封與人民敬奉，成為神明；

　　三則是飄蕩人間的無主孤魂，為免其作祟危害人間，人們遂加以祭祀。

## 3. 宗教融入

　　臺灣民間信仰不論是內在的思想意涵或是外在的儀節禮俗，均受到儒、釋、道三教深遠的影響。

　　儒家中對於禮與孝道的觀念，影響民間信仰中的神祇、祖先崇拜與宗親組織；佛教除了影響對佛、菩薩的崇拜之外，更帶入了輪迴、陰間、報應、慈悲等觀念；道教則是融合層面最為廣泛的宗教，包括神明信仰、科儀禮節、生命禮俗，如超渡祭儀等。

## 4.新興宗教

　　二次大戰後的臺灣，宗教門戶開放，使社會中的宗教現象呈現多元繁榮的複雜性，其中新興宗教的加入，讓臺灣多了些現代化與創新，同時也展現其如納江海的包容力。包括隨大陸移民而來的教派，如一貫道、天德教等；另有國外的新教派傳入，如日本天理教、美國摩門教、印度教等以及在臺灣自創的新教門，例如：天帝教、軒轅教、新儒教、現代鸞堂等。

　　民間所崇拜的神祇繁多，除了先民由大陸承繼的原鄉神明信仰外，在臺灣，人們還繼續著「造神運動」。而其中多數都已超越了單純的信仰，成為生命禮俗的一部分，也成為民間信仰的特色之一。

## （二）從諺語中認識民間信仰

　　◎受了外來文化與自然環境的影響，臺灣民間的信仰、文化已與大陸地區有所差異。

　　◎從閩南諺語就頗能反映這種事實，先民用自己的社會文化觀點來詮釋他們心中神明的形象，將之表現在諺語中，可以這麼說：閩南諺語中的神明形象，就是人們心中神明形象的轉化。

　　◎所以我們可透過閩南諺語的認知，來探討人們心目中的神明信仰，而能更進一步瞭解人民及其社會與文化。

## 1.某是玉皇大帝，父母是囝仔大細。

　　◎是說將妻子當成像玉皇大帝一樣地侍奉、敬畏，但卻對父母卻像自己的小孩子一樣。

◎玉皇大帝俗稱天公或天公祖，在道教則稱玉皇上帝，全稱為「玉皇大天尊玄靈高上帝」。玉皇大帝神格至尊，民間相信其為宇宙天地至高無上之神，天公不但授命天子統治人間，並統轄儒釋道三教的神佛，為天地宇宙間最具權威，萬物吉凶禍福的主宰。

◎一般節慶習俗以農曆正月初九為天公生日，民間祭祀特別謹慎與隆重。我國民間信仰以「尊天、敬神、崇祖」為基石，拜天公是尊天信仰的實踐，自古歷朝帝王亦均要祭天祈福，也象徵對宇宙大自然的虔敬崇拜，在臺灣目前有上百座供奉玉皇大帝的寺廟。

◎金門廟宇外庭常設有天公爐，家戶中亦懸掛天公爐、天公燈，以象徵膜拜天公的意義。

## 2. 母舅公卡大三界公

◎母舅公即母親的兄弟，一般稱母舅，此處加上一級，是更加尊崇之意。

◎三界公是三個大神，即天官、地官、水官，又稱三官大帝。

◎相傳這三官大帝係奉玉皇大帝委任，分別管轄天、地、水三界。

◎三官大帝是「上元賜福天官一品紫微大帝、中元赦罪地官二品清虛大帝、下元解厄水官三品洞陰大帝」的總稱，民間稱為「三界公」。

◎三界是指天界、地界、水界，原來亦是自然崇拜，人格化後成為靈魂崇拜。主宰天界的是天官堯；地界的是地官舜；水界的是水官禹。在道教中神格僅次於玉皇大帝，監察人間善惡，主掌眾生禍福。

◎三官大帝的神祀日為農曆上元：正月十五；中元：七月

十五；下元：十月十五。信徒要向三官大帝舉行祭拜祈福，祈求國泰民安、風調雨順、五穀豐收、六畜興旺、士農工商各業繁盛。

◎臺灣目前主祀三官大地的廟宇亦有上百座，偏殿或邊龕祀奉的更為普遍。

### 3. 北斗註死，南斗註生

◎北斗星預註人的死亡日期，南斗星預註人的出生日期。此諺形容生死有命，早已註定。

北斗在星辰崇拜中地位特殊，這是因為它與人們的生活關係密切。道教吸收了這種信仰，讓它專掌壽夭，於是「北斗註死」之說因而興起。

◎南斗專管生存，故民間又稱「延壽司」。

只因為「北斗註死，南斗註生」，何時要生，何時會死，已經是註定好的事。甚至「未註生，先註死」，生死無法左右，只能祈求南斗、北斗星君，幫人增福延壽。

4. 得失土地公,飼無雞。

◎「得失」是「得罪」之意,「飼無雞」是說雞隻的生長會不健全,甚或死亡。

按民間信仰,土地公是本地守護神,絕不可得罪,否則會雞犬不寧;說飼無雞只不過是一種比喻。

◎福德正神一般通稱為土地公,客家人則稱大伯公。

在臺灣地區,則以「福德正神」及「后土」居多,有的稱為「土地公」、「伯公」或「福神」。在城鎮及廟祠多用「福德正神」字樣,在郊野及墓地則慣用「后土」。

5. 會顧得城隍,袂顧得東嶽。

◎此句是說顧此失彼,形容兩件事無法兼顧。因為此兩者皆為神祇,兩者皆得罪不起。

◎民間相傳,東嶽大帝是掌管人生壽命的神,凡人死後,就要向東嶽大帝報到,驗明正身之後,再發送到十殿閻王那裏開始受審。對於東嶽大帝的崇拜,其實是自然崇拜中的山岳崇拜。

◎民間相信，東嶽大帝，執掌人間福、祿、壽、考，貶惡懲奸，為陰間十殿明王首席，也是地府陰司的主神，乃將現世作惡未敗露者送入地獄，因此民間對東嶽大帝極為敬畏。

◎城隍的祭祀原來可能只是出於「城」與「隍」對人民的保護之功，因為原始崇拜認為，凡與人們日常生活有關的事物皆有神靈在，而「城池」與百姓生活有密切關係，有大功於民，所以當然會有城神¡X城隍來護佑百姓。

◎從隋唐開始，城隍由原先的自然神崇拜，漸漸發展成「正直人臣」死後成為「城隍」的神格化城隍神，而且其在都城中的角色與功能也逐漸複雜化。

◎到了明代，城隍神甚至進一步官方化，這主要得力於明太祖朱元璋的封爵。明太祖對所有的府城隍皆封公，州城隍皆封侯，縣城隍皆封伯。自此，城隍就如同陽世官吏，有爵位、有府州縣的等級劃分，而且有轄區範圍。

◎明清並且規定，新官到任，必須齋宿祭告於城隍廟。

◎金門以前是同安分縣，所以金門縣城隍亦稱「顯佑伯」，

所祀何人已不可考。

◎作為城隍爺必須有以下的資格：

(1)溺水而死的水鬼，必須找一替身，才能再度超生，然而若能忍耐三年，不找人代死，也算是功德一件，可擔任城隍爺。

(2)忠良、孝悌、有德之人死後可為城隍爺。

(3)生前有學問和有德行，且從不為惡的人，死後若通過城隍爺考試，可擔任城隍爺。

◎臺灣民間也有一種說法，若是水鬼能為善、不存心害人，日子久了，也可以升為當地的城隍爺或土地公，「水鬼做久會升城隍」的諺語，便是由此而來。

◎城隍是相對於人世間的陰間地方長官，陰陽兩治，互為表裏，可以對百姓有多一層無形的約束力量。也由於當政者的提倡，進一步促成民間對城隍祭祀的隆盛，因而日益與民間祭典習俗相結合，使得城隍神的角色和功能更加地豐富。

◎由此看來，城隍對於冥間也負有管轄之責，且又能庇佑陽間人民。城隍這種兼攝陰陽的功能，與前述東嶽大帝的職掌相類似。

◎金門的城隍有田浦、舊金城、金城三處，以田浦城隍為最早，且惟配有城隍夫人。金城城隍傳為康熙年間總兵陳龍自舊金城遷至后浦，時為農曆四月十二日，故金城城隍以此日為神誕日，並舉辦迓城隍活動。

## 6.灶君公三日上一擺天

◎灶神據說每三天回天庭，向天帝報告這家人的一切作為。此諺比喻神明隨時都在察看，不可做壞事。

◎灶君有三種說法：一說是女神，一說是夫妻檔，一說是男神，甚而有三十六灶君之說。金門人視為男神，稱灶君公。

◎農曆十二月二十四日送灶君公上天庭時：放一盤豆子，用豬肝塗灶，一盤糖果。

◎灶君原為火神，到後來演變成物神，成為灶的守護神，而且逐漸變成人格化的神。原來的職責是守灶，保護一家人的飲食，後來又成為一家人日常行為的糾察神，一家人的行為的好壞由祂登記，報告上天，依此決定人間當年福禍。

◎司命灶君的神像，多作年輕文人的形態，面貌清秀，端正無鬚，神容親切。戴灶司帽，身穿袍服，手持笏板，端坐太師椅上，也有孩童在旁邊。

◎灶君信仰在漫長的歲月中成形，它濃縮了社會人文的深奧內涵，這是一種文化的象徵。

7. 一個某，較好三尊佛祖

◎供奉神像，可以給人們心靈上的安慰，但家裏的妻子，卻可以給家人實質上的照顧，讓生活更加幸福、美滿。

◎一般而言，「佛祖」的名稱是民間對釋迦牟尼佛的簡稱，因為釋迦牟尼佛是佛教的始祖，又稱釋迦如來、釋迦世尊或釋迦佛祖，所以民間才以「佛祖」或「佛陀」簡稱之。

◎由於佛教在中國傳播的過程中，不斷地與中國文化相互

接觸，乃至於融合，以至在中國社會中，就演化成為一種至上神的觀念，成為民眾心中具有崇高形象與神力的神明，甚至可以與道教「玉皇大帝」、「元始天尊」等高階神明分庭抗禮，這是佛教與中國文化融合的自然結果，而這種觀念隨著先民遷移來閩臺後，民眾繼承這些信仰，傳布於社會之中。

## 8.註生娘媽，毋敢食無囝油飯

◎註生娘媽或稱註生娘娘，是民間信仰中掌管生男育女的女神。一般人家生男則煮油飯分送親朋好友，當然也拜祭註生娘媽；但未生男卻拿油飯來祭拜，註生娘媽既未庇祐人家生男，當然不該也不配享用此油飯。此諺用於自謙沒幫上什麼大忙，不敢收他人謝禮。

◎註生娘娘是掌管婦女產育的神。在過去女人結

婚、生子育女，傳宗接代成為重要的職責，多子多孫被認為是人丁旺盛，家道興隆的幸福之兆。所以婦女們對於自己的產育，莫不寄以極大的關懷：未生育者期盼有神明能保佑她早生貴子；有子的人祈望有神明能保護小孩無恙；孩子有病時，希望有神明能令他早日康復。

◎註生娘娘到底是誰，眾說紛紜。有的說是碧霞元君，也有的說是臨水夫人，臺灣最普遍的認為是臨水夫人（陳靖姑），有人以為是雲霄、碧霄、瓊霄三霄娘娘，有人以為是具足節義、孝行、品德無虧的婦女往生後轉任。

◎左手拿生死簿，右手執筆，主掌記載賜給男女孩，象徵為掌管婦女生育之神，轄下有：鳥母（宮婆）、痘娘、疹娘、樹公、花婆。

◎民間認為註生娘娘即為「授子神」，許多廟宇多陪祀有註生娘娘，供信眾祈求子女之需；而孕婦、產婦或初為人母者，則虔誠祭拜註生娘娘，以祈求生育的順利平安。

◎南斗星君註生；註生娘娘掌生育；鳥母送胎；床母送靈；紫英夫人催生；樹公花媽栽花換斗；池頭夫人解胎墮；臨水夫人解產厄。

## 9. 大道公風，媽祖婆雨

◎這個諺語，當然是穿鑿附會之說，也證明了神明人格化特質的演變過程。在此則諺語中，大道公與媽祖，完全失去了當神明應有的「神格」，反而像人一樣有著七情六慾。

◎每年的三月有二次神明誕辰，一是三月十五日保生大帝誕辰，一為三月二十三日媽祖誕辰。這兩天通常都有風雨。傳說，

媒神本有意撮合大道公和媽祖婆。但媽祖婆看到母羊生小羊的苦楚而心生恐懼，遂辭謝婚事並造大道公的是非。大道公知道後非常生氣，遂揚言在媽祖誕辰時，要降雨來「澆花粉」。這件事為媽祖知道後，遂先發制人，在三月十五日大道公的誕辰日，颱風「吹頭巾」。

◎關於保生大帝的傳說很多，說祂能讓枯骨復生、並可絲線過脈、顯聖救助明太祖、化道士醫明孝慈皇后。這其中又以泥馬渡康王（宋高宗）的故事最富傳奇性。

◎保生大帝生生前神跡頗多，如留下「國母獅」、「得道升天」的故事，祂與媽祖之間鬥氣的故事，見西王母而得神方醫術的故事，借寶劍給玄天上帝，並以玄天上帝座下三十六神為質等等膾炙人口的醫史，傳誦至今，歷久不衰。

◎不僅歷代蒙帝王誥封，民間更以其靈驗有徵，紛紛恭塑實像奉祀，香火薪傳，永享馨香。

◎金門地區奉祀保生大帝的廟宇共十七座，其中以金寧分布最多共達六座，金門奉祀大道公廟宇規模最大者，為小金門。

## 10.關公面前耍大刀

◎關公面前耍大刀，是不自量力：關羽是三國有名的武將，武功高強，在他面前耍大刀就跟班門弄斧一樣是不自量力的意思。

◎諺語會有這樣的說法，主要還是受了《三國演義》的影響。《三國演義》中的關公，神勇無敵，武藝蓋世，斬華雄、殺顏良、誅文醜、斬車冑、戮蔡陽、殺龐德，過五關斬六將，所向披靡，世稱「萬人敵」。

◎東漢獻帝建成二十四年十二月七日成神，各教對其有下列封號：

(1)儒教：五文昌之一，稱南天文衡帝君。

(2)佛教：伽藍菩薩，佛號「普度原靈仁意古佛」。

(3)道教：玄靈高上帝、關聖帝君、協天伏魔大帝、武安
尊王、雷將。

(4)鸞門：恩主公。

(5)民間：武聖關公、武財神、伽藍爺、山西夫子。

◎一般在關帝爺廟中，配祀的屬神有手挽青龍偃月刀，黑面
見髭的周倉，和白面斯文，允文允武的關平二將。

◎清朝時對關公特別敬重，且關公顯靈的事蹟舉不勝舉，朝
廷奉為護國神，尊稱為「武聖」與孔聖並祀。

◎關公或許是中國人最崇拜的神祇了。在臺灣祭祀關公的廟
不計其數，其中香火最盛的非臺北行天宮莫屬，歷史最悠久的則
是臺南市的祀典武廟。

◎金門地區奉祀關帝爺之廟宇，共達二十座之多，其中以古
寧頭「雙鯉古地」的關帝廟為最早，可見關帝爺在民間心目中是
一位最受崇敬與信賴的英雄神。

## 11. 你毋驚王爺船甲你載去

◎王爺船，相傳為瘟神之船，指不怕死。

◎王爺原為「瘟神」之一，在瘟疫流行時，福建居民就製造「王船」，祭祀之後放走海上，咸信即可免除一切疾病和災難。福建沿海放出的王船，常常流到臺灣西海岸，故凡其泊岸之處即在該地建廟，以祈禳災造福。王醮，設壇祈願息災植福，即俗語所謂的「三年一醮」。

◎王爺信仰是臺灣西南沿海重要的民間信仰，王船祭則是王爺信仰中最具代表性的宗教科儀，也是臺灣海洋文化的表徵之一。

◎目前臺灣送王船的方式有二：火化謂之「遊天河」；放流謂之「遊地河」，送王船多屬於燒王船遊天河的方式。

◎王爺又稱千歲、千歲爺、老爺、王公、大人、府千歲、瘟王、遊王。王爺直屬於中央管轄，是代天巡狩的上帝使者，執行驅邪與除疫的保安工作，配有五營神軍以支助維持人界秩序。

◎王爺信仰在民間頗為盛行，而其來源與類型則為多樣。

◎臺灣的王爺信仰是由瘟神信仰轉化而來。

王爺的由來，如：五府王爺、三府王爺、池府王爺、南鯤鯓代天府、東隆宮溫王爺、三山國王、青山王、郭聖王、陳聖王、開臺聖王等，足見王爺信仰在臺灣類型之多、分佈之廣。

◎「王爺」幾乎成為臺灣神明的代名詞，因此有句俗語說「大仙的王爺公，小仙的王爺子」。

◎所奉祀的王爺姓氏各自不同，據統計有四十幾種姓氏。有所謂「三府王爺」「四王爺」「五府王爺」「六姓府」等等之別稱。

◎根據統計全縣王爺廟就有五十七座之多。其中以金湖鎮最多，金城次之。眾多王爺廟中以新頭伍德宮祀蘇王爺及東門里代天府池王爺最為著名。

◎民間對王爺多樣且繁複的信仰，在人們的生活中，佔有非常重要的地位。無論生、老、病、死，人們在宗教中找到依靠；藉著宗教，人們的心靈得到安慰。正因為宗教已經融入民眾的生命中，成為生活的一部分。

# 七、主要節慶活動

## 歲時節慶的意涵

◎閩臺慶典活動可分為傳統節慶、地方民俗慶典與原住民祭典等種類。其中「春節」、「端午節」及「中秋節」為三大主要傳統節慶。

◎而各地由宗教活動或習俗所傳承的民俗慶典。如東港王船祭、大甲媽祖遶境、臺南鹽水蜂炮等，也極富地方信仰及文化特色。雖然每個節慶的發展歷史有所不同，但大多含有祈福、消災和團圓的寓意，且各項節慶的活動內容五花八門，除了敬神、祭祖儀式之外，大多還加入神輦、踩高蹺、八家將、車鼓陣、舞龍舞獅等民俗表演，使得節慶活動相當熱鬧精彩。

◎除了地方節慶外，居於山林海濱的臺灣原住民，為祈求農作和漁獵豐收，也經常舉辦各項祭典，如豐年祭、祖靈祭、狩獵祭等，藉其來表達虔誠的敬仰。臺灣原住民共有十二族，由於各族群間的信仰及祭典活動不同，更增加臺灣原住民文化的多樣及

可看性。

◎閩臺有相當多樣化的節慶及民俗活動，除了能讓人感受歡樂熱鬧的氣氛外，更可以了解臺灣的人文信仰及生活智慧，而成為極受歡迎的一項觀光活動！盛大的傳統節慶與原住民祭典活動，讓您體會閩臺豐富多元的傳統文化面貌。

## （一）三月瘋媽祖

### 1. 三月瘋媽祖

◎在媽祖生平事跡的傳說中，湄洲祖廟最早建於宋雍熙年間，距今已有一千多年的歷史。一般認為湄洲祖廟與天津市天后宮、臺灣北港朝天宮是媽祖信仰三大廟。

◎大甲鎮瀾宮媽祖到北港朝天宮「謁祖進香」和新港奉天宮遶境的民俗活動一直以來都是臺灣民間規模最大的進香活動。

## （二）基隆中元普渡

### 2. 大普餓死鬼

◎中元普渡大拜拜原是祭祀眾鬼的，但因鬼多牲醴少，卻讓鬼餓死了。此諺諷刺事情徒有虛名。

◎中元普渡原來是道教「中元節」與佛教「盂蘭盆會」的結合。盂蘭盆會原有普施眾僧的儀式，後來演化成普渡餓鬼的習俗，再與道教中元地官赦罪信仰融合，就形成中元普渡，其對象也變成孤魂野鬼。

◎基隆的中元祭在臺灣頗負盛名，尤其是在七月十四晚的放水燈，參觀的人潮更是將八斗子漁港擠得水洩不通，可說是當地一年一度的盛事。

## （三）金門普渡

◎七月中元節的「普渡公」，相傳乃是臉龐深青色的「大士爺」，又稱「面然」大士。「面然」的意思就是臉長得很難看，是惡鬼的頭目。「面然」鬼王乃觀世音普薩為救渡餓鬼道眾生所化現，故又稱「觀音化大士」或「焦面大士」（佛教在畜生道渡化眾生的憤怒相）。

◎「大士爺」曾經常率手下為非作歹，使人間擾攘不安，後由觀音菩薩降伏，從此棄邪歸正，因此在「大士爺」頭頂上立有觀音菩薩像，而在普渡期間特請面目猙獰的惡魔「大士爺」來鎮壓鬼魂，請祂管理普渡時的眾鬼魂兄弟，不許鬼魂在人間作亂。

## （四）東港王船祭

### 3. 東港送王船

◎建於清乾隆年間的東隆宮，廟宇雄偉，內祀溫府王爺，是東港宗教信仰重地，每三年舉行一次的「王船祭」，聞名全臺，每每吸引大批人潮到此觀禮。王船祭醮為期一星期左右，除了有大型廟會活動外，最後一天的燒王船儀式是整個祭典的高潮，是屏東重要的民俗活動之一。

◎自古以來，華南地區就是一個高溫多熱、鼠疫、霍亂、傷寒、瘧疾叢生的地方。時常發生瘟疫，面對突來的災害，民眾卻束手無策，以為瘟疫的流行就是瘟神疫鬼的作祟。在這種狀況下，尚鬼祈巫就成為治病的唯一方法。

◎傳說之中，疫鬼的巢是在海中飄渺的海島。中國人終於想出一套美麗的神話，熱情款待之後，編造紙船送祂出海，希望祂們回到自己的老巢不再回來。明朝有這樣記載：『幸而病癒，又使巫作法，以紙糊船，送之水際，此船以夜出，戶人皆閉戶避之。』傳說王船若不幸靠岸，不僅不能逃避，還得撿拾起並為它建廟或做醮普渡，否則舉莊遭殃。並且祭祀不可以太寒酸，不然惹祂們生氣。王船飄著的地方，對當地居民而言，當然是一種凶兆，但總有因祭祀而人丁興旺的。慢慢地，王船就退去恐怖的色彩，最後變成一個吉祥的神器。

◎所以，「燒王船」祭典盛行於臺灣西南沿海，一直是臺灣地區最著名且最重要的廟會活動之一，它的原始意義是送瘟出海，如今雖已演變成祈安降福的活動，但仍存有濃厚的瘟神色

彩，使得「王船祭」至今籠罩著神秘、嚴肅的氣氛。

　　◎東港是一典型的漁港村落，位於屏東縣西南方，在清乾隆、嘉慶之後，泉籍移民大量移入，主祀溫府千歲的東隆宮逐漸昌盛，為迎接溫王爺的結拜兄弟，每三年一次的代天巡狩，全境舉行盛大的「平安祭典」。

　　◎同時逐漸形成地方角頭的勢力分化，成為日後規模盛大的王船祭典舉行不斷的關鍵，造價動輒數百萬元的王船與費時耗力的祭典儀式，若非有鄉民齊心齊力、出錢出力，恐難達成，這其中內涵的精神與信仰，具有重大意義。


# 八、金門沙美萬安堂

## （一）萬安堂建廟歷史：

　　◎萬安堂，歷史十分悠久，據金門縣誌記載，係元朝時興建，堂主為保生大帝（又稱大道公），原廟址在現今小浦頭自來水場槍樓附近之地（又稱大道公地，萬安堂王爺若有巡境，必至此地），故廟史已有七百多年。

　　◎傳說萬安堂經三次重建，於第三次時遷建現址，時間為清同治十年（1871年），為沙美人張珪笑所重建，迄今亦有138年之歷史。

　　◎萬安堂乃保生大帝生前行醫之堂號，設立在現在白礁祖宮建地上。

## （二）萬安堂神明簡介：

◎萬安堂供奉的神明有：保生大帝（吳本吳真人、孫思邈孫真人、許遜許真人）、三忠王（文天祥、陸秀夫、張世傑）、薛聰仁王爺、池連陞王爺、李乾洛王爺、蘇碧雲王爺、林王爺、魁星爺、神農大帝、關聖帝君、廣澤尊王、恩主公（牧馬侯唐朝陳淵）、太子元帥哪吒、大道公祖、案頭相公、下壇爺（虎爺）、註生娘娘、土地公等。

◎神靈顯赫，早期島上醫生欠缺，病人家屬均會來堂問神派藥，藥到病除，極負盛名；制邪化煞，威鎮浯島。

◎萬安堂，堂主吳真人為神醫，故萬安堂神明以扶乩派藥濟世為主，信眾到堂問神解惑，乩童、神譯全係義務性質，不收取任何費用。

### （三）境主保生大帝簡介：

◎絲線過脈。

宋仁宗母親患乳疾之症，宮中太醫束手無策，後朝庭請吳去醫治太后之病，公以絲線過脈醫好太后之病，仁宗皇帝大喜，欲留公在宮中當御醫，公不受，堅持返回民間行醫救人，朝廷遂封其為保生大帝（一說公飛昇後才賜此號）。

◎「國母獅」是宋或明朝所雕？

據丁亥年乩示：「絲線過脈、國母獅」皆是發生在宋朝，而不是坊間書中所載的明朝。

◎點龍眼、治虎喉？

主角是孫思邈，孫真人的故事。

### （四）三忠王至沙美之歷史：

◎三忠王又稱三忠公，指的是宋朝忠臣文天祥、張世傑、陸秀夫三人，三人忠烈殉國後成為正神，玉皇大帝玉旨敕封為代天巡狩威嚴天尊大宋三忠王。

◎民國六十六年歲次丁巳年壬子月初七日亥時，萬安堂當值弟子誠請三忠王乩示原由，三忠王乩示謂；「吾初來境中時之歷史，吾清光緒廿一年乙未年（西元1895年）五月，由馬巷往蘇店（現為同安區洪塘鎮三忠村三忠宮）請來鎮押瘟疫，至七月迎返後，唯留座像，永遠不忘，後宗裔稱曰：『叔祖張越國公』。」

◎三忠王及薛府王爺上體天心，下察世風，中和宣兆，本愛人之德，循循乩示了「勸世八箴」，作為教化鄉民立身處世的根本，治家訓俗的規矩，改變社會惡習的灸藥。

◎所謂八箴，其綱目為：

一、篤孝行，二、勸積善，三、慎交遊，四、務勤儉，五、戒酗酒，六、戒漁色，七、戒貪財，八、戒任氣。

（五）萬安堂神明起駕：

大宋三忠王乩示文：
- 1.大宋三忠王彩乩乩示文（節錄）
- 2.精采乩示文
- 3.廈門三忠宮大宋
   三忠王乩示文
朱衣星君

## （六）涵源宮與財神公園：

◎涵源宮即沙美的水尾宮，旨收沙美溪之水，性質與一般宮廟建寺不同。水尾宮，顧名思義，以擋水、收水為主。諺語「土地公看水口」，即表收逆水之意。理氣主元運衰旺，廿年河東，廿年河西，天運也。理氣需合巒頭，方能辨衰旺，非有山有水即吉；吉凶端看理氣衰旺，衰為零神，旺為正神。

◎土地公要收逆水，才能庇佑村民財旺及聚財。今涵源宮坐申向寅守水口，收逆水，收寅水，寅在大玄空為八運之大金龍。噴水池在下元運零神方，不變動。金孔雀白孔雀降臨涵源宮

◎財神公園涵源宮內以真金帛安裝之開屏金孔雀，不僅全國獨有，金孔雀的特殊典故及栩栩如生之態已成為沙美民眾津津樂道的話題。

◎孔雀乃吉祥之物，受罕見之白孔雀開屏照片，及嘉義文財殿立廟時文財神降旨文所指影響，故在涵源宮內彩繪白孔雀及金孔雀及福祿壽三仙等圖，其乃全國寺廟獨一無二之作。

◎孔雀乃吉祥禽鳥，為阿彌陀佛、孺童文殊菩薩、孔雀明王之坐騎，故在宮中繪「白孔雀」及「金孔雀」各一隻，以增其勝。

◎白孔雀十分難見，白孔雀之開屏照更十分罕見。

財神公園：

# 九、結語

◎今日我們認識民間信仰、既不是在提倡迷信，更不是讓大家重新去進行以往的信仰活動或歲時節俗，而是透過民俗文化與

信仰的內涵，了解散落在民間的文化與內蘊，進一步對我們的文化有更深刻的體認。

　　◎中國有「時移俗異」的成語，這是社會發展的規律。民俗既有傳承，又有演變，認識傳統，尊重傳統，揚良除莠，推陳出新創造符合時代精神的新民俗。

　　◎民間信仰既是多采多姿，且與民眾生活息息相關，由民間約定俗成，沒有固定模式，卻能做到「民尊神意，神隨民便」的步調。

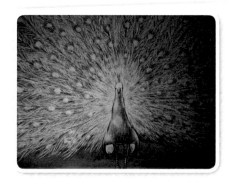

　　◎民俗節慶是中華文化相當重要的一環，與人民生活有著密不可分的的關係。

　　◎民俗信仰與節慶蘊含著傳統文化精神在內，透過民間信仰的內涵，得以宣達教化、維持社會秩

序、凝聚情感，活絡經濟收到莫大的功效。

　　◎看似複雜而難於理解的信仰行為，反映了民眾敬天、崇祖、感恩、福報、平安的內心祈願及對於現世生活的期望。

　　◎祖先留下的智慧與經驗，仍是無窮珍貴的寶藏，端看我們何時放下傲慢身段、謙卑地與大自然溝通、學習，重新詮釋或演繹符合時代需要的民俗文化、信仰與歲時節俗。

# 2011年「守望海濱鄒魯」第五屆海峽兩岸金門籍青少年國學夏令營活動紀實

## 緒言

　　由金門縣政府教育局、旅臺金門同鄉會理事長聯誼會、福建中華文化學院、福建全體金門同胞聯誼會主辦，漳州市金門同胞聯誼會承辦的2011年「守望海濱鄒魯」第五屆海峽兩岸金門籍青少年國學夏令營於七月十二至十五日在漳州市舉行。

　　回顧兩岸金門籍青少年國學夏令營是由福建全體金門同胞聯誼會和金門縣教育局共同打造的工作品牌，至今已成功圓滿舉辦了四屆，成績斐然，有目共睹，今年輪到漳州市金門同胞聯誼會主辦。夏令營活動旨在通過開展國學講座、參觀人文景觀等形式為兩岸金門籍青少年搭建溝通交流平臺，增強兩岸金門子弟對於中華傳統文化的認知及對故鄉金門的情感聯結，並藉以推動兩岸金門籍青少年互動交流、互相學習。

　　本屆夏令營成員擴及到臺灣本島旅臺金門籍學子共同參與，乃根據第三屆海峽兩岸金門同鄉會年會的決議。第五屆夏令營由金門學子二十五位、旅臺學子十八位、及福建省金門籍學子十四

位共同組織而成。這又是一年一度兩岸金門籍青少年學子一次相
聚的盛會。

　　首日臺、金兩地金門學子在臺北市金門同鄉會黃德全總幹
事、臺中市金門同鄉會蔡少雄理事長、高雄市浯江金門同鄉會理
事長楊維居暨新北市金門同鄉會秘書處秘書張國森等率領旅臺金
門籍青少年學子在水頭碼頭會合後，教育局李局長代表縣長送行
暨祝福。局長表示本屆國學夏令營活動，特別擴大到海峽兩岸臺
灣金門籍的青少年參加，使得活動範圍與內容比諸往年更具代表
性與意義。

## 國學講座

　　本次活動以國學講座為主，期望透過國學講座的模式，使
兩岸三地金門籍的青少年學子，在中華傳統文化學習與吸收觀摩
之下，對傳統文化有更深層的認識，進而體認中華傳統文化之優
美，讓金門籍青少年瞭解、欣賞大陸美好景觀，重新認識中華民
族文化的精深厚實，認識閩南文化的特色，彼此交流，也希望透
過兩岸金門籍青少年學子，互相學習，共同關心傳統文化的未
來，促進兩岸鄉親情誼，帶回豐碩的成果。

　　縣政府對於海峽兩岸金門籍的學子交流一向非常贊成與認
同，期盼透過國學講座的交流平臺，讓我們看到海峽兩岸金門籍
青少年學子認識「守望海濱鄒魯」的深意，了解兩岸金門人的鄉
情，進一步加強聯繫、鞏固鄉誼、相互照顧，並祝夏令營所有營
員圓滿平安。

# 金門籍青少年國學夏令營

　　隨後由水頭通關赴廈門五通碼頭，漳州市金門同胞聯誼會李振石會長暨副會長和工作人員早已在大廳拉起紅色布條親切等候熱烈歡迎來自故鄉與臺灣本島的親人。所有營員在碼頭前合影留念，隨即驅車前往漳州，全體營員並入宿漳州賓館八號樓。經過舟車勞頓後，午餐後稍作休息，下午二點半在漳州賓館的水仙廳舉行開營儀式，與會貴賓包括漳州人民市政府宣傳部部長尤美玲女士、副部長、臺辦主任、福建省金門同胞聯誼會副會長兼秘書長黃建業先生代表會長陳慶元教授，漳州金門同胞聯誼會會長李振石等領導貴賓。還有來自海峽兩岸青少年學子加上輔導老師及工作人員共七十二位營員，可說營員陣容壯盛，因為來自五十七個不同家庭背景的營員們，就等同於五十七個世界，值得讓營員們相互交流與學習。

　　在漳州市金門同胞聯誼會副會長劉麗玲女士主持之下，首先由漳州市金門同胞聯誼會李振石會長致開營辭，李會長表示第五屆海峽兩岸金門籍青少年國學夏令營，由福建省全體金門同胞聯誼會、金門教育局、旅臺金門同鄉會、福建中華文化學院主辦，漳州市金門同胞聯會承辦的2011年「海濱鄒魯」第五屆海峽兩岸金門籍國學夏令營正式開營了，會長謹代表主辦及承辦的雙方致熱烈的歡迎和感謝詞。

　　這次夏令營的承辦，受到漳州市市政府的高度重視，特別聽起籌備會工作報告並作了幾點指示。市委、常委統戰部部長尤美玲女士親自蒞臨參加開營式，李會長在致詞中特別對漳州市政府

領導支持兩岸金門籍青少年國學夏令營表示謝意。

海峽兩岸金門籍青少年國學夏令營已經成功開辦了四屆，是以通過聆聽精采的國學講座，參觀自然景觀，及歷史文化古蹟，體驗風土、了解民俗等，增進青少年對中華文化的認知。為兩岸青少年提供聯繫的平臺，推動閩臺互動交流，增進彼此的鄉情鄉誼，非常高興的看到海峽兩岸夏令營活動已成為福建省金門同胞聯誼會及臺灣青少年暨金門縣共同打造的品牌。受到兩岸金門同胞高度讚許，也成為兩岸青少年熱烈期盼的交誼活動，對於增強兩岸金門子弟對中華傳統文化的認識，對情感的故鄉金門的情誼的聯結，推動閩臺雙方的交流學習發揮了積極的作用。

今年非常榮幸在享有「花果之鄉」的著名漳州舉辦夏令營。漳州是著名的臺胞之鄉，是臺胞尋根謁祖的地方之一，擁有靈山秀水，超凡脫俗的自然風光，源遠流長歷久彌新的人文環境，相信透過本次夏令營活動營員們不但能開闊視野、增長見識，更能親切感受到中華文化的博大精深，兩岸金門籍同胞同根同源的文化淵源，希望營員朋友們能加強交流，感受同為金門子弟的手足情深，推動兩岸共同的進步與發展。最後，李會長祝漳州市政府領導、來賓身體健康工作順利，並祝願兩岸金門學子能夠在遊覽名山勝水的同時有更多鄉情鄉誼的收穫，預祝夏令營活動取得圓滿成功。

隨後由金門縣政府代表李立邦老師代表縣政府講話，李老師首先對漳州市人民政府、領導及貴賓的蒞臨，及福建中華文化學院、福建全體金門同胞聯誼會，暨承辦單位漳州金門同胞聯誼會表示辛苦與感謝。希望透過國學講座和參訪歷史文化古蹟活動，讓兩岸青少年通國學講座的平臺，對中華文化的認知，對故鄉金

門的認識，甚至兩岸青少年互相學習與交流，起了很大的變化。

　　雖然四天三夜的行程時間太短，但營員們努力互相學習，相信夏令營結束後，大家會發現收穫匪淺；來至於不同背景家庭的五十七個營員，如同有五十七個世界，希望五十七個營員都是美好的，陽光的，燦爛的。

　　緊接著主持人劉麗玲女士敦請漳州市市委、常委統戰部部部長尤美玲女士講話。尤部長首先表示很高興參加2011年「守望海濱鄒魯」第五屆海峽兩岸金門籍青少年國學夏令營開營典禮，部長用「各位青少年」的閩南語親切向營員打招呼。這次活動有這麼多金門籍青少年聚集在一起相當難得，首先代表漳州市人民政府及漳州市海外人民聯誼會表示熱烈歡迎，對遠道而來參加的領隊及全體營員們表示誠摯的問候與歡迎。

　　部長為夏令營的青少年朋友們介紹漳州市。漳州市是福建省最南端的一座城市，介於兩個特區之間，至今已經有一千三百多年的歷史，是一座歷史的文化名城，同時也是一座正在崛起的生態風貌旅遊城市，有一萬二千六百平方公里的土地，海域面積廣達一萬八千多平方公里，有四百八十幾萬的人口，轄八個縣、兩個區，和一個建築市。漳州市的城區建築面積多達到四十八平方公里。

　　講到漳州有幾個特點，漳州介於兩個特區之間，面對臺灣海峽，所轄的東山縣據歷史上的記載，曾經有一條路橋連接到高雄，後來因海上變化而消失不見。由高雄到東山距離一百四十海哩。漳州市是海西南部最重要的交通的樞紐地帶，擁有三條高速公路在此交會，這在中國其他區域是不太容易見到的。一條是福建往西通道，和通往江西的通道在漳州交會；一條往廣東的通道

在漳州交會；另一條往北走往福州和浙江的道路。

　　另外，漳州氣候有「四時花不謝、八節果飄香」的美譽。一年到頭水果不斷，基本上臺灣島內有種的水果，在漳州皆有，就是臺灣改良後的黑珍珠蓮霧也有。原來只有一種釋迦水果沒有，但最近也種植成功，漳州可以說是全國的花果之鄉、花卉之都、水產之地，現在多了一個中國的菇都（蘑菇），從蘑菇罐頭出口數來說是第一。漳州港口資源非常豐富，有海岸線長七百一十五公里，一萬八千六百平方公里的海面，在此同時擁有深水良港，可建萬噸以上的碼頭。目前在建造的有三個三十萬的碼頭，已建有三十幾個萬噸的碼頭。

　　漳州也是一座歷史文化名城，建州已有一千三百多年，公元前七百八十五年所建立，歷史上宋代重臣朱熹是漳州人，也是理學大師；青少年常會讀到的「兩腳踏中西文化，一心評宇宙文章」的林語堂先生也是漳州人。

　　有很多民間傳統文化藝術更是燦爛的，其中的南木偶、剪紙，而戲劇跟臺灣的歌仔戲有千絲萬縷的關係，由漳州傳到臺灣，再由臺灣交流到漳州，語言腔調基本上是融合在一起。還有詔安是大陸文化部命名的書法之鄉，江城是中國文化部命名的燈謎之鄉，早在一九九二年江城就與高雄市結為燈謎會，兩岸文化傳承早已展開了。

　　漳州對臺灣方面有三多：一多臺胞多：臺灣島內兩千萬的人口，祖籍在漳州就有將近一千萬人。前兩年吳伯雄主席到漳州，上臺發表演講時就曾說過臺灣島內兩個人就有一個人是漳州。第二臺商多：漳州是離臺灣最近，到漳州投資的臺商高達二千四百多家。有王永慶投資的最大電廠，化工項目也是臺灣同胞投資的

多，臺玻是臺灣第五大，王永慶家族最近又來投資電廠等。臺資可擺在全國臺資的第三、四位。第三是政要多：祖籍地在漳州像國民黨連戰主席、王金平、林豐正、蕭萬長、曾永權等政要的原鄉。民進黨的陳水扁，呂秀蓮回來拜祖，游錫堃祖籍也是漳州，所以政要多；另外僑民也多，漳州在海外有一百多萬僑民，遍佈三十幾個國家。所以漳州更歡迎各位金門籍的來賓來到美麗、好客、熱情的漳州。

福建金門同胞聯誼會的金門籍鄉親在祖國大陸是愛國的民間團體，福建各地有八個聯誼會。漳州市金門同胞聯誼會在一九八七年成立，二十幾年來金門同胞聯誼會雖架構不大，人數很少，但是組織各種各樣多種形式的活動卻非常活躍。若金門同胞至漳州實地了解就會感受中華悠悠文化之情景，當然漳州提供金門來的鄉親很多的方便，這次金門籍青少年國學夏令營在漳州舉辦，對於加分第三代金門籍的鄉親鄉誼有莫大的幫助，為增進青年學子對中華文化的認知，這將是未來兩岸發展的動力，通過海峽兩岸金門籍舉辦的活動作為契機，並積極主動開展交流活動，通過了解加深鄉情鄉誼，感受並凝聚最珍貴、最溫暖的同胞愛。

國學文化一直以來是中民族最終的體現，中華民族的復興必須寄望在中華文化。因為中華文化存，中國必存；中華文化亡，中國亦亡。冀望我們金門籍的青少朋友們能透過遊覽漳州的風景名勝，了解人文歷史的一系列之方式，增進對國學文化的認識，吸取寶貴的經驗，希望兩岸和平與繁榮情緣的責任，和中華民族的偉大復興，都是兩岸青少年共同的責任。尤部長最後在祝福營員們平安、開心、健康聲中結束。

　　隨後由福建金門同胞聯誼會許水車副秘書長宣佈國學夏令營的組織機構及分組名單。並由主持人宣佈國學夏令營活動公約須知。

　　接著由擔任夏令營營長的福建師大學生王芳同學代表營員講話。營長王芳說夏令營在我們營員翹首期望中開營了。非常榮幸能做營員的代表，表達內心的真實感受，請允許我代表向關心及蒞臨開營式的統戰部尤美玲女士及各位嘉賓及主辦承辦單位的大力支持表示最真誠的感謝，感謝您們辛勤的工作和執著努力，感謝您們為我們搭建一個國學講座的交流鄉情鄉誼的平臺，請允許我對遠道而來全體鄉親及金胞們表示熱烈歡迎。

　　金門是一個非常神奇的島嶼，在這小小的島與上面，屢經戰亂卻煥發出蓬勃的生機，讓無數的遊子為之魂牽夢繞。做為第三代的金胞的我，從來沒有經歷祖父輩們所經歷過的背井離鄉，顛沛流離這種無奈的經歷，也從來沒有在金門這塊沃土上生根發芽，對金門所有的記憶都來自於阿公阿嬤童年的故事裡面，在我的記憶當中，最為深刻也是阿公阿嬤最熟悉的那一句深刻的話「吃番薯配海魚」那樣的一個情結當中。

　　然而我應當記得自己的使命，傳承金門人「征夫懷遠路，遊子念故鄉」的家鄉情懷，傳承金門人堅強不屈的奮鬥精神。今天我們非常激動迎來了，來自於故鄉的親人，您們帶來熟悉的鄉音，帶來金門的點點滴滴，也帶來故鄉的溫暖。我們一定能在聆聽國學講座的同時增進許多的知識，在遊歷名山勝水的同時感受祖國山河之美好，在嬉笑玩鬧聲中也感受親切的鄉情鄉誼。

　　我相信這場盛會雖然非常的短暫，但一定能噴發出我們內心同為金門人這種濃濃的故鄉情，最後我謹代表全體的營員表示要全心全意投入本次夏令營活動，敦睦鄉情，互相督促，並預祝夏

令營活取得圓滿成功，願這相聚的時光能成為我們一生當中最美好的回憶，最後祝領導來賓身體健康快樂。

在主持人一聲令下，請統戰部尤部長授夏令營營旗，由營長王芳代表接受，在授旗後營長高舉營旗來回揮舞，所有與會貴賓營員們隨之熱烈鼓掌，在掌聲如雷中夏令營開營式就此結束。全體工作人員也在大廳合影留念，為這次國學夏令營活動展開正式活動。


## 守望「海濱鄒魯」

緊接著國學知識講座，由福建金門同胞聯誼會副會長兼秘書長黃建業先生，首先代表會長陳慶元教授表示熱誠的歡迎，並以「守望海濱鄒魯」為題演講。黃副秘書長演講內容先以什麼是「守望海濱鄒魯」的涵義向營員們解說，守成海濱鄒魯，瞭望海濱鄒魯，這是一個傳承，也是文化的島嶼值得我們學習。再來闡發為什麼要「守望海濱鄒魯」的歷史與責任。一是對我們祖宗的感恩和敬畏；二對我們桑梓的感恩和恭敬；三大家是海濱鄒魯的傳人所以要守望。木有本，水有源，如果連自己的祖宗都不能感恩，不能敬愛的話，你又對故土鄉梓能感恩敬畏嗎？

這片土地曾經承載著先民，如果沒那片土地我們如何薪火相傳到今天。「唐裝雖然穿在身，我心依然是中國心」無論身在任何地方也改變不了我們中國心，大家都是金門的種，身上已經烙印傳承祖宗的血脈，從文化的傳承各位的姓氏就可證明。從晉唐以至民國金門人已經塑造成具有獨立特色的族群，有著耕讀家園，勤儉樸實，刻苦耐勞，堅毅不拔的奮鬥精神，即使在海外打

福建師大學生王芳同學代表營員講話

福建金門同胞聯誼會副會長兼秘書長黃建業先生演講神情

拼也不數典忘組，心中自有家鄉的情懷在。接著怎樣「守望海濱鄒魯」，金門人有一種特別的性格教養，金門文化與閩南文化、中華文化是一脈相承的。

先人用們肩膀承載起他們面臨的苦難，用他們肩膀擔起責任和使命，用他們臂膀托起明天和希望，托起今天的你和我，為此為了感恩敬畏我們的父母祖先，為了感恩敬畏我們的鄉土，那麼我們就應該要守望海濱鄒魯。

那怎樣守望海濱鄒魯呢？三字經有「揚名聲，顯父母，光於前，裕於後」所以給祖先增添光采為後輩子孫豎立一個榜樣，豎立一個標竿。海濱鄒魯是美麗的，是光耀的，是我們一塊的金字招牌，是需要大家共同努力，讓海濱鄒魯活耀起來，並要在這塊金字招牌上增添光采。

年輕朋友「世界是你們的也是我們的，但你們年輕人朝氣蓬勃，在希望的時期要拓展你們的前程，推陳出新」是要長江後浪推前浪，是要青出藍勝於藍。各位年輕朋友正在興旺的時期要攜手並肩的擔當起這個薪火相傳的責任。我想海濱鄒魯這塊古老的

土地上到處充滿青春的力量，您們來日方長前程不可限量「乘風破浪會有時」守望海濱鄒魯的希望就寄託在你們青少年的身上。黃副會長以最感性的語言，最親切的情感，字字句句訴說對家鄉的愛與思念和應有的期許與作為，受到全體營員熱烈的掌聲與回報。

## 參訪彰州名勝古蹟

第二天的行程為體驗漳州的名勝古蹟，早上到長泰縣馬洋溪體驗漂流活動，在教練解說下兩人共同乘坐橡皮艇，其中一人手持長竿作為划水備用，對這新的體驗營員們個個躍躍欲試。隨即戴好安全帽兩人一組分工合作將橡皮艇放入溪流中，早有營員跟蹌跌入水裡，還好救生員就在旁邊。

隨著蜿蜒的馬洋溪一路漂流而下，水流上下落差高度頗大，在長達八公里漂流的距離，時有急流、時有險灘，時有平流，時有跌水區。就在刺激新鮮的飄流中已經分不清有多少個落水區，有多少個灣道，有多少個平流。有時橡皮艇從天而降，激起滾滾的溪水傾盆而倒入艇內，艇內灌滿溪水，全都濕身了，也引來一陣陣驚險後的狂叫。有時一片平波，滯礙不前，任憑手中竿子划動，雙手助划，依然兜著圈子，原地踏步；有時轉灣急衝而下，激起一桶一桶的波浪，人早已跌入水中，又是一次濕身，但也看到發揮英雄救美的感人畫面，和團隊合作精神的表現，面對早已漂走的橡皮艇也只能無奈相視了；時而觸礁在石頭上，愈是用雙手將艇中的水舀出，橡皮艇愈陷越深，動彈不得，任憑隊友來助，也使不上氣力。只好使命攀住石頭，另一個人冒險爬到隨時會滑動的艇邊石頭上，慢慢讓橡皮艇的重量傾向一邊，藉著水流

力量，好不容易才脫離觸礁的險境；有時一陣激流而下溪底的石頭毫不客氣的往屁股磨過去，前面的石頭迎面撞過來，遭致橡皮艇盤繞不已。

艇裡積滿了水，兩個人要分工合作，一個要手持長竿兼划水控制方向，還要隨時報告前面的情況，另一個要雙手不斷舀水，以防身體泡在水中過久，但終究無濟於事，不得已只好暫時卸下安全帽當水，趁平流時猛然舀水，以減輕橡皮艇的重量。

這時橡皮艇進入一片平流中，反而要用力划，否則只好停滯不進了。本想以為該到目的了，偏偏前面是一條急水道，只好任艇飄向四方，且暫作休息，欣賞兩岸綠林修竹，山花鳥語，往溪岸高處看去是一幢幢興建中白色的別墅，想見主人也是懂得樂水樂山之人也。

心裡也盤算著真不知要到何時才能抵達目的地！忽然一陣急流橡皮艇又往前衝，忽左忽右，分不清哪一頭是船頭，哪一頭是船尾，此時溪水早已吞沒身上的汗水。再往前是一片開闊的水域，早有營員上岸了，個個臉上洋溢著歷險後的喜悅之情。

回顧長泰縣馬洋溪漂流，驚險刺激的過程果然名不虛傳，不啻人們口中所說的「福建第一漂」，這漂流的體驗過程實在是名副其實，相信營員們內心已經感受到漳州名勝風景的魅力，也為此留下深刻的記憶。

下午行程來到榮獲聯合國教科文組織亞太地區文化遺產保護項目榮譽的漳州市香港路、臺灣路歷史街區參訪，狹窄的老街兩旁都是二層樓建築，樓上的開間窗戶造型各異，雕琢設計各具風味，偶而也發現幾幢閩南古厝建築，但就是少了金門那種予人不失風範又厚實穩固的建築的感覺，也許同屬閩南文化，但每一個

二宜樓暨大門

地方皆有其不一樣建築的特色與風格吧。

據文獻資料香港路是一條千年古街，建於唐代，香港路是歐風騎樓式街廊布局；而臺灣路古稱「府學前街」，則是中西合璧的建築風格，明清時期是製作和銷售竹雨傘的集中地，又被稱為雨傘街；其中有藥店、錢莊、布行等著名老字號商店招牌，從老招牌中不難看出這裡曾經繁華一時的軌跡。

沿著原本是紅磚的臺灣路，也鋪換上像金門街道中的青石板路，沒想到兩岸對於老街道路的鋪設竟然是有志一同。

再看香港路與臺灣路保存的歷史建築和文物，已經成為最具傳統文化建築特色與歷史街區，提供了一個旅遊及認識研究閩南建築發展文化重要的資料庫。

位於香港路北端雙門頂的「尚書探花」牌坊，建於明萬曆三十三年（西元一六零五年）。是漳浦林士章於明嘉靖十四年（西

元一五三五）赴京考中探花，後來官成南京禮部尚書的事蹟。另一「三世宰貳」牌坊，建于萬曆四十七年（一六一九年）。為龍海人蔣孟育及其父蔣玉山、祖父蔣相而立，祖孫三代才能特出，位居廟堂之上，功成名就，建牌樓紀念並以資學習效法。

　　這兩座牌坊造型結構相近，寬八公尺，高十一公尺左右。皆以青白石構建而成。兩座牌坊同是三間五樓十二柱，最頂樓上有魚形脊飾，牌坊上梁、枋、柱，以及精雕細刻的斗拱、雀替、花版、垂柱等各式構件，可謂精密巧妙。牌坊上雕刻分別用陰刻、鏤雕、浮雕、雙面雕等不同雕刻手法。裝飾內容豐富充滿祥圖案有龍鳳、瑞獸、花卉、人物等，形象唯妙唯肖。

　　如果將這兩座牌坊比諸金門的「貞節牌坊」，在建築型制風格上同屬閩南文化，但與建年代不同，主題各異，自然表現出內容、風格各具特色。前者雕鏤細緻，氣勢壯觀；後者雅典端莊，一派素淨。

　　在「尚書探花」牌坊入口前左邊，有一座號稱是全中國最小的廟宇——伽藍廟。面積約有三平方尺，建在小巷口的樓上。該廟建於何時，來歷為何，始終沒有人知道。小廟雖小可是五臟俱全，供奉伽藍聖王，香火四時不絕，也成為漳州旅遊上的賣點之一。

　　接著來到道冠古今的孔廟參觀，雖已列入國家文物保護單位，廟貌亦見莊嚴堂皇，但頗失原味，廟內的文物早已在文化大革命中破壞殆盡，漆黑的大殿至聖先師安坐其上，兩邊堂廡空空然，只有一對銅鑄麒麟分立兩旁，似未能顯出一代至聖先師當年應有的威儀與尊崇，就是在庭院中的先師像也是後來才重新雕塑，不免也有幾分的落寞。剛好看到一位小朋友在先師像前默默祈禱，頓時讓我心中那分凝重的陰霾情緒，隨即化為煙消雲散，

是啊！中國文化永遠深入人心啊！

歷時一千三百多年的漳州古街確實遺留許多珍貴的歷史文化與人文資產，是閩南傳統文化的縮影之一。遊覽名勝古蹟，漫步在歷史的老街上，觀賞閩南文化中不同的風格特色，體味先人的智慧與足跡，這一趟夏令營也算是行囊滿滿。

## 大地村土樓群

第三日早上安排到華安仙都鄉大地村土樓群參觀，說到土樓近十年來已經陸陸續續從報章雜誌刊物得知，但就是沒有機會親臨體驗，對土樓的建築風采也只能望書興嘆。

華安大地土樓群是福建省三大土樓群之一，其中華安仙都鄉大地村的「二宜樓」，被稱為「土樓之王」、「民居瑰寶」，是走向世界第一樓。分別在一九九一年三月被福建省列入重點文物保護單位；一九九六年十一月，被中共國務院確定為第四批全國重點文物保護單位；二零零八年七月又被三十二屆世界文化遺產列入世界文化遺產名錄。「二宜樓」在福建土樓中具有不可替代的特殊地位，雖然發現比起永定土樓晚了許多年，但卻遠遠超出較早出名的永定土樓群。

據二宜樓黃姓導遊（也是創建人蔣士熊的後代外孫女）介紹，二誼樓座落在漳州市華安縣仙都鄉大地村，是華安縣土樓的典型代表，是福建土樓的佼佼者，有著神話般的建築模式。

二宜樓始建於清乾隆五年（西元一七四零年），為人稱「鄉飲大賓」的蔣氏十四世孫蔣士熊所建，又據傳蔣士熊曾夢見兩條蜈蚣首尾相咬形成圓環狀，因而興建土樓。二宜樓坐東南朝西

二誼樓內景佈局

北，為外雙環圓樓形式，樓高四層，高達十六公尺，外牆厚達二點五十三公尺，外直徑有七十三點四公尺，總面積三千三零八百平方公尺，分成十六單元，分成四個公共單元，剩餘十二套單元則是蔣氏後代子孫居住的，共有房間二百一十三間，單體面積為福建土樓中最大者，堪稱「神州第一圓樓」。

可惜蔣士熊因積勞成疾而壯志未酬，後由六個兒子、十七個孫子繼志承建直至一七七零年竣工，共耗費三十年。

石刻「二宜樓」匾額嵌在土樓正大門上，採楷書陰刻，書法疏密有致，敦實秀麗，於一九九二年收入「中華名匾」一書中。

二宜樓之取名，二字源出詩經，寓有宜山宜水、宜家宜室之意。可從其楹聯「宜家宜室一堂和氣垂慈翼，有福有煥大廈更新振鴻猷」中得到證據。樓裡居住的都是蔣士熊的後代子孫，一到三樓底下是不開窗的，四樓則始開了窗戶，從四樓窗戶即可向四周瞭望，這是土樓因防禦功能的考慮而設計。

土樓中最為人樂道是風水及彩繪。按風水言，有刑、沖、穿、破、煞等，為避煞氣而建圓樓，選擇圓樓有其幾分道理。從祖堂大

廳的楹聯：「依懷石而為屏四峰拱峙集遠閣，對龜山以作案二水
瀠洄萃高樓」、「祥鍾大地且繼瓊林開六秀，慶溢二宜還向龜山
對九龍」，說明了二宜樓背靠蜈蚣山，前有龜山，左有獅山，右
有虎山，相互拱衛，溪水流經兩側。巧妙說出了二宜樓的地理環
境，和風水形勢，確實是宜家宜室的風水寶地。圓樓形式佈局如
易經太極、兩儀、四象、五行、八卦、十二地支，陰陽和諧，剛
柔相濟。也才能繁衍子孫、根深葉茂，繁榮昌盛，人才輩出，甲
第登科，世代綿延，不下萬人。

　　再來二宜樓最具藝術文化特色的就是表現在彩繪方面，尤其
公共祖堂的空間，每對柱子都繪有貼金楹聯，祖堂樑上繪有「第
一家」彩繪，意思要子孫們學習唐代郭子儀治國平天下的胸懷，
一家歡樂壽喜的生活。額枋上另繪有一幅「九世同居」的長卷，
無疑要子孫們相忍為安，家和萬事興。

　　而懸樑吊柱法上，更是雕樑畫棟，彩繪紋飾，華麗生動。祖
堂三對蓮花吊筒，由內而外形成，象徵含苞待放、開花、結果之深
意。還有描繪洋人、洋報、洋鐘等說明了在儒家傳統文化之外，又

見主人開放的意識。

在導遊帶領下營員們又來到南陽樓和東陽樓參觀，南陽洋樓建於清嘉慶二十二年（一八一七年）為蔣士熊第四子之子所建，南陽樓坐東南朝西北，因位在獅山之下而形成「獅子戲球」之地理，部分空間規劃為土樓文物紀念館；東陽樓建於清嘉慶二十二年（一八一七年）為蔣士熊第三子之子所建，因位在獅山之下而形成「獅子抱印」之風水，也和二宜樓共同組成舉世聞名的大地土樓群。

總之，蜻蜓點水般的遊覽二宜樓、南陽樓和東陽樓，實在無法一窺全貌，想要好好紀錄與拍照也是行程匆匆，無法一一如願，也只期待來日再來了。

下午行程安排觀賞漳州的木偶劇（布袋戲），木偶劇是漳州民間豐富多彩的藝文代表，也曾多次出國交流演出。表演內容大多為改編自歷史人物的故事，演木偶劇人手要多，且須分工合作，各扮演自己好的角色。本次最令人欣賞的是表演者，竟然有十來位漳州青少年參與其中，各司其職，輪流上場，演出情節生動緊湊，可謂唱作俱佳了。

緊接著時間是來到營員的活動，經過三天的相處，來自兩岸三地的金門籍青少年們大多已不再生怯陌生，彼此之間已經培養出幾許的默契與友情來。

## 閉幕儀式，珍重再見

晚上則是閉營式及聯誼晚宴。閉營式中漳州統戰部副部長、臺辦主任，以及從臺灣趕來的新北市金門同鄉會理事長黃獻平夫婦等

來賓一同觀賞營員的成果表演活動，在五組營員的表演節目中，青少年發揮的最高的創意與巧思，首先是營員默契大考驗，有的默契十足，有的磨合不錯，有的求好心切，手慌腳亂，笑料百出，最後也在極短時間內通過考驗。

　　接著是各組的成果表演，經過三天的國學講座與遊覽，可以說是舟車勞頓，但青少年們卻利用空餘時間和晚上練習所要表演的節目。有些組為節目內容討論到三更半夜，有的組為節目效果練習到夜深人靜，有的則相互抵足而談，一副成竹在胸的模樣。終於表演開始，有「鳥樂團」、有「犀利人妻」、有「新潮舞蹈」、有「人物話劇」……節目精采、創意滿分。顯見青少年們聰明潛能無可限量，也博得領導來賓及營員們熱烈的回響。

　　此時營長拿出了三面會旗，請全體夏令營的工作人員及營員們，各在三面會旗上簽名留念，頓時整個會場又熱鬧騷動起來，大家高高興興互傳簽名，也把這三天來的心情一一簽在三面會旗上。隨後就將三面會旗各轉交金門縣政府、臺北市金門同鄉會、漳州市金門同胞聯誼會作為紀念時，2011年「守望海濱鄒魯」第五屆海峽兩岸金門籍青少年國學夏令營活動就在全體營員依依不捨之情中，寫下成功據點，圓滿閉幕。

　　回顧第五屆海峽兩岸金門籍國學夏令營的活動，能夠讓所有參與其中的金門籍青少年利用這個平臺，尋找鄉情與鄉誼，溝通桑梓情感與責任；發現新的視角，從而對中華傳統文化有新的體認；對漳州、金門有深厚的情誼，進而有所發現、有所思考、有所感悟、有所收穫。我想這也是海峽兩岸三地：金門縣政府教育局，福建全體金門同胞聯誼會和旅臺金門同鄉會理事長聯誼會等組織和工作人員的大願，也是金門人共通的心聲吧！

# 大選區乎？小選區乎？
# 一場無謂的糾葛

## 壹、前言

　　今年又是地區縣議員的選舉年，沉寂已久卻攸關利益的大、小選區問題，最近又浮出檯面，成為鄉親們酒足飯飽的話題。既身為選民的一份子，當然有義務表達自己的拙見。

　　至今縣議員選舉已歷四屆，回首前四屆的縣議員選舉，從最初的競爭激烈、精采有餘、高潮迭起，到第四屆的臺上冷清清，臺下熱滾滾，只見路口幾支隨風嘶吼的旗幟，幾乎感受不到選舉氣氛的存在，真不可同日而語。而問題在哪裡？是選區劃分出問題？是選舉制度不周延？還是候選人出問題？還是選民素質改變了？抑或是選風丕變呢？鄉親不得不正視影響地區民主前途的嚴肅課題。

## 貳、何謂大、小選區？

　　根據公職人員選舉罷免法（民國97年11月26日修正）第36條地方公職人員選舉，其選舉區在條文中清楚羅列規定：「二、縣

（市）議員、鄉（鎮、市）民代表選舉，以其行政區域為選舉區，並得在其行政區域內劃分選舉區……」檢視金門地區的縣議員選舉從民國八十四年經福建省選舉委員會審議後依法公告變更縣議員選舉區，縣議員選舉自第二屆起以縣行政區為選舉區，則為一般人所謂的「大選區」；而以鄉鎮行政劃分如第一屆分為金城（含烏坵鄉）、金湖、金沙、金寧、烈嶼等五個小區，則為「小選區」（與臺省略有不同）。

　　不論大、小選區皆以其行政區域為選舉區，並得在其行政區域內劃分選舉區，很多人以為選區就是行政區，這是錯誤觀念。事實上，執政的政府可以自行規劃選舉區，因此，如何建構一套選區劃分標準，用以符合選舉公平性的實況，在學術界有相當大的爭議。Arend Lijphart則認為，選區劃分不應違背「公平代表的標準」（criteria of fair representation），但因為選區劃分可能存在相互衝突的情況，背後皆隱含有重要的政治價值，若企圖將這些價值聯結在一起，提出一個同時符合各項標準的選區劃分，是一件不可能的事，故所謂採取大選區或小選區，對選舉的爭議並非唯一。

## 參、大、小選區好？抑或東、西選區好？

　　有關婦女保障名額方面，若以中央選舉委員會公告金門地區第五屆縣議員選舉應選議員19席，據公職人員選舉罷免法第36條：「前項第一款直轄市議員、第二款縣（市）議員、鄉（鎮、市）民代表按行區域劃分之選舉區，其應選名額之計算所依據之人口數……」又據第68條：「地方公職人員選舉，其婦女當選人

少於應行當選名額時，應將婦女候選人所得選舉票單獨計算，以得票比較多數者為當選；其計算方式，依下列規定。但無婦女候選人者，不在此限」，因此若說，如變更以鄉鎮行政區為選舉區（小選區），僅有金城鎮及金湖鎮選舉區有婦女保障名額，較第三、四屆原有保障名額減少二席，觀之選罷法既已規定清楚則又屬過慮了。

有關代表性問題，若說小選區與鎮代表選區劃分重疊高則為屬實，但縣議員與代表有不同的職權定位，選民的請託案件由誰處理較為適當？以選民角度而言，傾向尋找議員為協助處理，然而選區服務案件須從涉入層級判斷協處單位，而非以誰「較有力」來選擇，議員與代表間需建立合作默契，互相轉介選民請託案件，以職權定位來做選民服務，共同來爭取選區選票，才不致於把議員當代表做，而事實上議員並非如此，除此也能建立個人服務的口碑，以利下屆的蟬連。

基於解嚴後經過無數次的選舉經驗與洗禮，有識之士們普遍所反映的，對候選人是沒有寄予太多的冀望，而所有當選人的表現也無法讓所有選民滿意，更對金門民主政治的前途憂心如焚。「每一次的選舉活動，參與者都是基於個人親疏因素，非關選賢與能如此崇高的理想。」「幾十年的養成教育，社會結構已焉形成選舉的必然結果型態，誰也無法扭改這樣的現象，所以金門選舉是寒冷的冬季，蕭颯又無趣！」更有甚者，前顏主席一番「金門地區什麼都乾淨，就是選舉不乾淨！」痛心疾首的話語，更得到大多數鄉親的共鳴。

無論採取大選區、小選區，或另東（東半島）選區、西（西半島）選區，因為沒有所謂最好的選舉制度，且各具優劣點，選

舉制度的改革也只能衡量其利弊得失，最多使其優點多於缺點，並突顯該制度的長處而已，但就目前地區的政治生態而言卻也產生許多選舉上的弊端，尤其在競爭的選舉中，欲圖取得較多選民支持者而勝出時，此中必將有各顯神通的花招技巧，只要充分掌握部分選區選票即可當選。因當選票數低，候選人買票賄選容易，終究無法擺賄選陰霾，儘管劃分大、小選區，終將功虧一簣。

## 肆、結語

以民主政治的角度來看地區議員的選制所造成的利弊，昭然若揭，由於選制允許相對多數的贏家當選，候選人只需取得部分選區選票，利用各種途徑讓選票集中就能當選，雖符合多數決原則當選的議員，但並不能代表其內心意志，再且以代表性來說，相對多數決制已無法滿足選民的期待，所以應該如何防範賄選，修定選舉制度，並提高民意代表對於選區的責任。

又從地方治理的觀點來看，議員肩負著對地方行政首長的監督，不論同屬政黨或友朋，其能力影響著監督與問政品質，唯有改革選風才能提升其素質，始能真正替選民落實監督與制定政策之責，這才是重要的課題。

目前地區地方民意代表選舉制度採行複數選區相對多數決制，與中央的單一選區兩票制不同，現行地方制度既有諸多弊端，為求地區民主政治的提升，建議修改選制為「複數選區絕對多數決制」，絕對多數的代表性比較高，若沒人到達百分之多少？則再選一次，除可改革弊端，降低黑金政治與賄選風氣，更可強化地方民意代表的正當性。

所以鄉親要亟需思考與檢視：我們選出的議員，是否能真實反應民意？主管機關對選制的改良與賄聲賄影的執行力，而不要落在大選區抑或小選區的矛盾、泥淖與無謂之糾葛中。（本文曾刊載於金門日報言論廣場）

# 「三合一」激情後的金門縣選舉觀察

## 壹、前言

金門縣第二次舉行的「三合一」選舉，在經過旗海飄揚暨文宣、造勢活動等廝殺激情纏鬥之後，終於塵埃落定，選舉結果真是應了俗諺「幾家歡樂幾家愁」的慘酷又現實的循環鐵律中。

觀察本次選舉，雖不改如前次候選人競爭之激烈，老幹新枝，互擁山頭，各顯其道，明裡暗裡，波濤洶湧，煞是熱鬧。我們也發現並觀察到諸多與前次不同的選舉現象，本次「三合一」選舉在民主政治的道路中，金門縣選民在民主的教育與素養的考驗中無疑又往前邁進了一大步。

## 貳、百里侯競逐、空前激烈

第五屆縣長寶座競奪中，參選人數竟高達七位之多，盛況空前，有別於往年，最具看頭，或稱一級戰區。

## 首先，黨內提名險勝過關

經過金門縣黨部黨內一番角逐初選而獲得題名的候選人，僥倖贏得百里侯寶座，國民黨題名的縣長候選人終於從新黨手中奪回已失去8年的政權，這可是很光榮的事。金門一向為國民黨的死忠地盤，尤其是第十二任總統選舉超高的投票率，曾為國人眼睛為之一亮，在縣長選舉期間馬主席二次親臨造勢拉票又打電話，國民黨終於獲得勝利，金門縣黨部自是輔選有功。

吾人觀察選前有意問鼎本屆縣長者皆具國民黨背景，無不想貢獻才能，服務桑梓，實現報國的志趣與理想。然黨內初選制度雖已明定，終究難敵醜陋人性，各懷鬼胎，暗渡陳倉，制度制約不了人性，導致違紀參選，而動輒開除黨籍，搞得地方黨部與參選人兩敗俱傷，丟失自家顏面。有智者咸知熟悉地方選舉事務若開放縣長選舉，讓有意參選的泛藍同志公平競爭，亦不至如斯慘狀。

## 其二，特有的地方「宗族情節」並未消失

尤其四、五十歲以上中年人只考慮宗族情面，不論候選人形象好壞依然佔有極高的比率。如陳姓、李姓兩大宗族的對壘，從各村里姓氏及選舉票匭得票數中分析得知，宗族情節或因素，和選舉地盤的關係並未鬆動，依然呈現顯著相關。和解共生，人才共治僅是選舉口號。

## 其三，幽靈人口，候選人的痛

　　幽靈人口絕非本屆才有的現象，但和選舉扯上邊，再透過檢調警及戶政機關就成為涉有違反戶籍管理法規之嫌，也真是無辜。金門因試辦小三通，造成所謂的高達三千人左右的「幽靈人口」，若說足以禍害金門民主選舉的發展，也是未必，因為至目前並未有學術上的研究發現與數據，尚有待觀察。

　　而愈近投票日臺金航線返鄉旅客暨臺商動輒四千人數，也算是選舉的奇觀之一。但選舉花招人人會，只是巧妙不同而已，這也更突顯「幽靈人口」真是個問題。若未有一套合法的解決之道，終究是候選人永遠的痛。

## 其四，文宣攻訐，恐嚇暴力加衝突

　　選舉莫不靠文宣，藉文宣以廣傳參選人的政見與形象，乃競選手法之一，但本屆縣長選舉竟出現坊間耳語、小道消息，甚而互相攻訐，互揭瘡疤，令對手忍無可忍，甚而竟暴力攻擊對方，傷及無辜，藉以抹黑造勢，花招層出不窮；或趁深夜開車衝撞他人競選總部，藉以表達一己之私；再則黨部主委曾遭不知名人士電話恐嚇，這又是金門選舉以來的新鮮事，這些亂象則是前次選舉所沒有的，令有識之士更憂戚亦考驗著金門未來選舉的成敗，足以促使當局者審慎檢討研究之。

## 其五，濫開選舉支票，政見有賴考驗

　　每當選舉候選人濫開支票，無非就是為了勝選目的。問題是支票滿天飛，短短四年又如何兌現完成艱鉅又充滿政治性政見的支票？

金門人所熟知的「選舉浮橋」真的又浮出來了，每當選舉金門人一再受騙，騙得也習慣了。馬英九輔選說：興建金烈大橋已講了十幾年，有人說是一條「選舉浮橋」，選舉時就浮出來，選完後繼續沉下去，但「保證這次不會這樣了」。真的不會這樣嗎？金門選民心知肚明，建橋一事中央從未編入預算書當中，還不如靠金門縣政府逐年編列預算，總有一天自己建造出來。政客的嘴，聽聽就好，因為「人而無信，不知其可」金門選民顯然已覺醒了。所以「不投票」也是選舉方式之一的選民逐漸增多，「堵爛票」也不少。

## 其六，投票率逐次下降是民主的隱憂

　　本次「三合一」選舉，儘管參選人數大爆炸，競爭也白熱化。選民數增加逾二萬人，不得不將投票時間延長一小時，但選民卻不願意履行神聖的一票，去享受權利選賢與能，參與公共事務。

　　首次「三合一」選舉縣長部分選民數雖增加，但總投票率為62.78%，本次則降為53.80%，這是一個對民主政治的警訊，也令人憂心民主政治的前途。具有投票資格選民逐年增加，投票率卻不增反減，是交通問題？或是選民熱情不再？抑或是賄選就不選的消極抗議？到底是哪個環節出了問題？值得有關單位苦思，並尋求解決之道。

## 其七、選情空激烈，延燒兩岸三地

　　隨著「三合一」選舉，選情愈燒愈旺，其中兩陣營相纏不休外，戰場擴及媒體，延燒至兩岸三地，大肆宣傳搶奪可能的游離

票源，這也是前次所沒有的現象，不但島內戰火煙硝瀰漫，還延燒到兩岸三地。

## 參、縣議員選舉「賄影賄聲」再度博全國版面

### 其一、選區劃分改變，「賄影賄聲」傳聞不斷

本屆縣議員選區劃分由爭議不斷的大、小選區改為東、西半島選區，算是新的規劃。為了杜絕敗壞的選風選舉委員會將本屆議員選區劃化分為東、西半島選區，也就是所謂第一選區、第二選區。其目的無非是欲遏止不良選風，但面對新的選區規劃中的第一選區十七搶十二位，第二選區十三奪七，競爭不可不謂激烈，顯然不因選區重新劃分而有所收斂。可見無論哪種選區劃分對金門縣議員選舉而言，只是一場無謂的糾葛。笨蛋，問題在賄選。

### 其二、選風敗壞，非一日之寒

隨著候選人競選期間拜、拉票活動的考驗，再且從新聞媒體及金門地檢署火速起訴某候選人及收押數人的報導，可證坊間買票依然猖獗，日前曾傳出每票五千元、八千元，甚至於一萬元，某椿腳因為涉嫌為某議員配合某鎮長買票而被收押。參選激烈的縣議員選舉，所謂「買票並不一定選上，但不買票一定選不上」的傳聞事實久矣。檢查總長、法務部部長先後來金關心賄選情況，然賄選已然成風，看你當局奈我何？而被恥笑為「賄選島」，又豈蒙羞二字可形容耳！人性之貪、之婪於斯最劇。

## 肆、鄉鎮長選舉暗潮洶湧、互爭頭角

　　第十屆鄉鎮長選舉全縣五鄉鎮鎮長候選人，以第一大鎮金城鎮高達六位參選者，選情和縣長同屬第一戰區，選民數暴增，亦有高達二萬四千多位選民數，平均得票要達四千票以上才有當選希望。因而賣地賄選傳聞不斷，只是抓不到，原來有心角逐者早已二三個月前或半年前早已佈置妥當，令其他參選者忿忿不平，難於嚥下。

　　其它鄉鎮亦傳聞一票二千元，或送禮品超過三十塊而遭約談，或動員學生，本屆鄉鎮長選舉亦難脫離「賄影賄聲」之嫌。

　　從未有大規模造勢活動的鄉鎮長選舉，因為選情告急，今年也出現造勢晚會藉以拉抬選情，也顯見鄉鎮長選舉已告邁入「戰國時代」。

## 伍、結語

　　選舉是邁向民主的途徑之一，也是民主政治運作的方式，選舉在民主政治的運作中，可說是最核心的部分，而「選賢與能」是選舉最基本的目的。如今觀察今年「三合一」的選舉，所呈現的選舉文化、更比往年熱鬧有餘，而賄選嚴重，攻訐本質未變，甚至恐嚇有之、暴力相向、黑道幢幢，顯然已經脫離選舉的正軌，金門又再榮登「賄選島」之醜名，鄉親何其辜？

　　近來社會結構急遽變化，人際關係錯綜複雜，加上原有的宗族情結與因素，金門未來的選舉路途正備受考驗。在邁向民主政

治的大道，肯定充滿艱辛與挑戰，是福？抑是禍？金門未來到底要淪落到何種地步？全縣鄉親都得為自己的抉擇負責與承受。

選舉激情已過，接下來有賴鄉親們共同的打拚。願天佑金門！（本文曾刊載於金門日報言論廣場）

# 擁抱飛地，飛出安全

## 一、前言

　　長久以來，安全一直是軍、民航運輸最重要之環節，而追求零失事是軍民航業界努力的目標。吾人皆知飛地安全問題牽涉到多項專門領域的知識，值此環境快速變遷之際，為能確保飛地安全的工作，即須時時檢討現行飛地作業、程序及運作的缺失，並在短時間內有效改進，如此才能避免悲劇的發生。

　　除此，航空界多數管理者，也以「零失事率」為努力追求目標。因此唯有消除每一個不安全的因子，「零」的目標才有可能達成。因為軍事航空器一旦發生事故，在直接與間接損失上雖不及民用航空器，可是在軍事戰力損耗、任務人員傷亡及社會成本，仍是須要省思探討，否則「凡是可能出錯的事，準會出錯。」

　　所以對於空地勤人員而言，飛地安全當然是與自己生命息息相關的重大課題。

　　故對於飛地安全的知識、技能以及理論與實務皆當嫻熟，了然於胸，期望能達至完美無缺的目標。因此對一位剛報到的新兵，透過自己單位長官的宣導、學長的帶領之下，他也能明白，

看似單調的FOD作業、或是老調重彈的軍教宣導等。一旦發生事故，在直接與間接損失上，簡直是軍事戰力損耗及任務人員傷亡的不幸，亦聯繫著一條條生命的安全，以及無數個家庭的希望。故任何一次飛安事件發生，對國家、社會、家庭以及個人都將造成嚴重傷害，折損國軍戰力至深且鉅。

　　值此飛地安全為最高原則之下，舉凡飛地文化、策略、管理、風險評估等等，凡我飛地相關人員皆當謹慎小心從事，以達「零」的飛地目標。

## 二、落實各項飛地策略，發揮至高安全管理工作

　　「為戰而訓、平戰結合」乃為空軍建軍備戰、精實戰力之標的，而戰力之精實與確保，亦須端賴「安全管理工作」推廣之整合與執行力。而大多數的飛地失誤是在不正常的環境影響下發生，然而這些失誤是管理系統出了問題的癥候，而要解決改變不正常環境問題關鍵在於管理程序。因此，安全管理是預防災害發生的最重要關鍵，對於飛地安全管理人員如何預防災害的發生則是其重要的議題。

　　1.落實內部安全管理規定、機場施工安全規定。

　　施工單位每日繕造名冊，註記翌日施工起迄時間及地點，送作戰科審核後轉進入營門及飛管分隊，並由營門衛哨執行辨證及管制進出。

　　2.施工人員至跑、滑道起降區域工作、活動時，經完成奉核程式後，先至飛管分隊報到，實施場面作業之教育宣導，並與塔臺完成無線電構連獲許可後，始可進入跑、滑道操作區。

3.要求施工單位於跑、滑道操作區實施工程施工時,確依機場施工安全規定,將施工車輛及施工區域,安裝警戒設施及燈光。

4.陪同人員於施工期間,若發現有任何影響飛地安全情事,立即通知塔臺轉知督察科、作指中心、後勤科及飛管分隊,赴現場處置,以維安全。

5.對所屬基勤人員實施「進出場面安全管理規定」授課,完成學科、術科訓練並經評鑑合格後,核發操作證,始可進入跑、滑道作業。

## 三、深入探討人為因素,落實組員資源管理

回顧過去失事原因,「人為因素」便占了七成以上的比例,一旦發生人為疏失,將可能造成難以彌補的嚴重後果,故欲改善飛地安全情況,人為失誤因素之深入探討實為非常重要的課題。

其中組員資源管理是國內外航空界為減少人為疏失及提昇飛航安全所發展出之非技術性計劃,並經證實為目前降低人為疏失及確保飛航安全的最佳方案。組員資源管理的概念和飛地安全的關係緊密相連,因此十分受到各界的重視。而組員資源管理的主要目的是增進飛地人員在判斷、決策、溝通、領導、團隊合作及面對壓力、疲勞的處理能力,降低疏失。因此組員資源管理的概念若應用到飛地部隊上,將可找影響組員資源管理的重要關鍵因素,並建立相關之檢核內容,未來可應用在實際飛地作業上,對減少人為失誤及降低飛航失事,具有一定助益。

因此認識人為疏失,降低風險,找到預防措施是落實組員資源管理,提高飛地安全、預防事故或事故發生之重要預防。如果

組員能發現而去預防因本身或

其他的人為因素或威脅疏失的發生。那麼大多數的飛地事件就可以減低發生的可能。另外上級單位應加以重視與研究改善方針外,尤其應格外加強對組員施以嚴格的教育與訓練,以減少並預防其人為因素暨威脅疏失的滋生。

## 四、落實優質飛地安全文化

企業、政府單位間常認為飛安文化是安全部門的事,所以忽略了飛安文化重要性。事實安全部門扮演的角色不僅規劃安全計畫管理,而一個企業的安全工作成敗需要全體人員配合。如果安全部門的功效與企業的目標一致,那麼身為公司內的一份子,安全主管所扮演的角色即是成功。反之,可能吃力不討好且不被重視。

同樣的,軍隊組織想要擁有卓越的安全績效,內部必須先有優質的安全文化。安全文化之建構,期使組織在上至決策、中至幹部、下至基層皆能讓安全理念付諸實行,並使安全績效有最佳的表現。落實優質飛地安全文化藉以發掘可能潛藏之危因,提供安全文化提升改善之依據。

優質飛地安全文化如下:

1.首先管理人應站在員工立場;其次是爭取群體領導人支持;再者鼓勵共同參與;最後則是建立一個公平公正的環境。

2.落實安全管理體制文化:按空軍完成之航管與機場安全管理體制為基礎,各相關單位皆盡速了解安全管理體制,並採取適當之改善措施。

3.落實安全資料管理文化分析能力：貫徹志願報告及免責制度，建立各項飛地安全統計資料，並善用各項資料管理分析工具，及早發現事件真正原因，採取適當措施與對策，以降低飛地安全相關事件，精進飛安，飛出安全。

　　因此在飛地文化中，安全管理系統直接影響安全文化的良窳，惟有透過安全管理的方式，方得以改變安全文化或是修正安全文化。而從飛地安全管理角度而言，對一個組織是否擁有優質的安全文化，則決定了「零」的目標是否有可能達成的因素。

## 五、有效執行風險管理

　　為確保飛地風險管理能有效執行，發揮預期效果，藉循「教育宣導」、「輔導推行」、「建立專業培訓機制」、「準則發展」及「成效評核」等步驟，將「風險管理概念」落實至飛地安全決策階層及基層實務工作之中，期使飛地安全能有效推行作業風險管理。

## 1. 風險管理政策：

　　單位主要任務以完成戰備整備為首要，有關飛地安全風險管理應秉持以下政策推動：

　　要求所屬貫徹部頒規定、技術命令及各項任務標準作業程序，以完成所交付之任務。持續進行人員基礎及專精訓練、安全教育宣導與溝通，落實任務勤前提示與歸詢作業，確保任務於最佳之控制風險下完成。要求全員參與，是基層及管理階層風險管理的責任，透過良好的工作紀律，以達到卓越的飛地安全要求。

持續進行風險鑑別與評估作業，並承諾持續改善。兼顧人員能力等級、機務、天候、環境、任務複雜與危險情況及個人身體、心理等考量因素，賦予其執行符合作業操作標準之任務。

## 2. 風險管理規劃：

藉由執行作業風險評估，檢討法規、技令與標準作業程序之完整性與適用性，並針對裝備設施之各項安全措施防護、防險程度加以改善，包括初步危害評估及第二階段之高風險課目或作業之危害辨識與評估，進而考量資源之可用性與風險之可接受性，以決定執行方針或改善目標，規劃風險管理決策方案。

## 3. 風險管理實施與運作：

結合單位組織架構與人員工作職掌、教育訓練、認知和能力，落實於各項實務作業操作中，包括：

飛行部隊：任務序列安排時考慮之各種危安因子、適飛評估（自我評估）、領隊（教官）評估飛行任務計畫等三段式評估管制。

技勤部隊：各技勤專業之週期檢查、維修保養，任務前之勤前教育（安全宣導）及各類型安全檢查。

## 4. 風險管理查核與矯正：

以下列方式進行查核與改正。

（1）績效考核與評量。

（2）飛地安事件調查與分析。

（3）督察與考核。

5. 風險管理管理階層審查。

　　由上可知，飛地安全在推展之「風險管理」理念，依其運用之構想，係循序漸進採「教育宣導」、「輔導推行」、「建立專案、培訓機制」、「準則發展」及「成效評核」等步驟，將「風險管理」理念落實至上級決策階層及部隊實務工作之中。執行初期以高階領導幹部及飛行部隊空勤人員為主要對象，俟運作一定成效後，再逐步推展至技勤部隊，最後達成全面實施之目標，形成一股良好的飛地安全文化，奠定飛地安全的基礎。這種由上而下的政策宣示，代表了高層的支持與執行的決心。這種從建立「飛安文化」內函著手的管理模式，是飛地安全觀念扎根的工作，非常具有建設性，然應注意其效果是貴在執行力的堅持及管理的有效性。

# 六、結語

　　安全是航空界終極的主要目標，而飛地安全乃一屬於國家層級的政策、管理行動方案等事務，其重要性與影響層面廣及國家形象、經濟活絡的命脈，不容詆毀。又基於飛地安全是國家制空力維繫之一環，因此，如何運用智慧資源以維護飛地安全，進而維護整體國防能力，分享飛地安全管理經驗，為我國空軍弟兄最重要的課題。

　　除能做到以上數點外，航空界多數管理者，亦以「零失事率」為努力追求目標。我空軍為擔負國防第一線「捍衛者」的重要角色，換句話說，空軍戰力的有效發揮，直接維繫著臺海的安

全與和平，更因戰機與飛行員皆是國家不易在短時間內獲得或培訓的珍貴資產，故任何一次飛地事件發生，將造成嚴重傷害，折損國軍戰力至深且鉅。

再且組織資源管理不僅影響飛地安全，也將影響組織的長期績效與未來的發展。若欲改善組織，最重要的是能夠重視及深入瞭解現有組織與地區的人文特性與文化特質，再結合其他地區的資訊與經驗，來律定或修正出務實，以逐漸蘊育成一個健康的組織資源管理。

如何提升飛地安全，一直是空軍風險管理政策的重點，在複雜飛地運作環境中，每一環節或多或少會牽涉到『人』的因素，對不安全事故或然率、事故率及事故成本損失等任一角度探索，所有飛地安全問題均是冰山一角，亦突顯飛地安全的重要性。

而改善之道為教育訓練：持續培訓航空專業及管理人才。積極面向的飛地管理包含：教育、訓練、風險辨識、風險評估、「飛安計畫」管理或「失事預防計畫」管理。消極面向的飛安管理則為：事件調查、危機反應。以期建立一機制能有效率的運用安全管理資訊，設立文件及資料管理系統。並做為作業表現的評估、組織變動的監控，並將其整合於風險管理的作業中。

最後，願意再次呼籲：飛地安全是永無止境的工作，願大家繼續努力！

參考書目（暫略）

# 水陸蓮花海・浯島菩提心

　　金門人何其有幸，自民國九十三年起至九十八年止，短短六年中竟舉辦了一連三次莊嚴殊勝的「金門地區兩岸和平消災祈福超薦水陸大法會」，若不是十方世界因緣具足，佛法無邊，法喜充滿，以及金門人的慈悲胸懷，何以承受如此弘願大悲呢！這是歷史上前所未有的功德紀錄，金門人的慈悲智慧在蓮花淨土上，堪稱是又一次的菩提龍華勝會。

　　「水陸大法會」是中國佛教中，儀式最隆重、功德最殊勝的法會，略稱悲齋會、水陸會、水陸道，全稱是「法界聖凡水陸普度大齋勝會」。逐句分解開來，即：法界：指諸佛與眾生本性平等，理常一致，通稱法界。聖凡：指十法界的四聖六凡。水陸：指眾生受報之處，分為水陸空三界。普度：對六道眾生悉皆度化，使令解脫。大齋：指不限制的普施飲食。勝會：除了施食以外，又有誦經持咒的法施，可令受苦眾生心開意解，得法水滋潤，故名勝會。

　　水陸法會緣起於梁武帝，自今壹仟陸佰多年，金門地區能蒙受此三次大法會，同霑法喜，普施甘露，利濟冥陽，無私功德，尤為不易。啟建一堂水陸法會，需十晝夜才能功德圓滿。一次水陸法會約需百位以上法師，動員人力、物力頗鉅，一般寺院並不輕易啟建。而金門鄉親參加水陸法會者，都是發菩提大心，於今

生今世滅障、減罪、懺悔、佈施、結緣、感恩皆大有助益；對於
祖先、亡靈、幽冥、六道眾生、冤親債主，及前世父母兄弟姐妹
師長朋友等，皆能廣結善緣，圓滿眾生的慈悲喜捨，同證菩提淨
土，共霑法雨海。

　　一心奉承，十方護持，應天佑民，福蔭群黎，冥陽兩利，甘
露普霑，福地洞天金門島，水陸法會滿功德。個人願意與眾緣和
合之緣份，於連續三次大法會功德圓滿之際，誌其因緣殊勝之緣
由，是以為序。

法會籌備會副主任委員　　　謹識

中華民國九十八年　　　月　　　日

# 試由「與宋元思書」蠡測吳均在儷體文的成就

## 一、前言

　　魏晉南北朝是中國文學史上的黃金時代。一股全新的文學風氣，從魏晉起步發展到南北朝時期，將中國文學帶入一個前所未有的境域。形式主義的瀰漫，化身為對文學表現的要求。就文章而言，辭藻的華愈來愈趨講究，典故的運用愈來愈傾頻繁，儷偶的句型愈來愈顯普遍，加上對聲韻和諧的要求，儷體鷹揚的時代遂告正式登場。形成新的賦體「駢儷文」[1]、「駢賦」，又稱「駢文」，當時文壇，不僅詩歌文賦，就連章表、奏議、檄杉、誄碑、書啟等應文字，也逐漸被這種新興文體所濅染，是南北朝文人眾所樂用的文學體裁，所以成為這時期的代表文學。

　　其中，吳均的「與宋元思書」為駢儷文、儷體文的代表作之一。雖同時代不乏有大成就者，諸如：庾信、鮑照、孔稚圭、江淹等等，但對吳均在儷體文上的成就甚少深入探討，大抵環繞

---

[1] 《文心雕龍・章句》說：「四字密而不促，六字格而非緩；或變之以三五，蓋應機之權節也」柳宗元《乞巧文》說：「駢四儷六，錦心繡口」。儷體文在晚唐被稱為「四六」，李商隱的文集就題為《樊南四六甲乙集》。從宋到明都沿用「四六」這個名稱，清代才叫做儷體文。

在其「吳均體」或山水詩的範疇上。而許槤在《六朝文絜》裡，評〈與宋元思書〉：「掃除浮艷，淡然無塵」；稱讚其〈與顧章書〉：「簡單高素，絕去餖飣艱澀之習，吾於六朝心醉此種。」[2]（許槤，2009）。可知吳均在儷體文時文中是一位出色的作家。本文即試論其在駢文的成就。

## 二、吳均生平

　　吳均，字叔庠，吳興故鄣（今浙江安吉）人。生於宋明帝泰始五年（469），卒於梁武帝普通元年（520）。家世寒賤，均好學而有俊才。沈約曾見其文，頗為讚賞。天監初，柳惲任吳興太守，召他為主簿，常與他賦詩。後為建安王蕭偉記室，升國侍郎。入為奉朝請。他曾表求撰寫《齊春秋》，完稿後上呈武帝，武帝惡其實錄，「以其書不實」，命焚毀。後奉召撰寫《通史》，未就而卒。[3]

　　吳均是史學家，他著有《齊春秋》三十卷、《廟記》十卷、《十二州記》十六卷、《錢塘先賢傳》五卷，注釋范曄《後漢書》九十卷等，惜皆已亡佚。他是著名的文學家。《梁書》本傳說：「均文體清拔有古氣，好事者或學之」謂為「吳均體」。

　　在吳均現存的一百多首詩中，樂府詩有三十七首，約佔全部詩作的三分之一，可見吳均是創作樂府詩的大家。他的詩重音律，音韻和諧，又喜歡模仿樂府，流露剛健清新的氣息，得到名

---

[2]　《六朝文絜全議》，許槤選。貴州出版集團，貴州人民出版社：第1版（2009年3月1日）。

[3]　事見《梁書》卷四十九、《南史》卷七十二《吳均傳》。今人朱東潤《詩人吳均》一文中有吳均年譜（見《中國文學論集》，中華書局1983年出版），可供參考。

家沈約的賞識。當時的人喜歡模仿他的文體，遂流行一時，稱作「吳均體」

吳均同時也是南朝邊塞詩的先驅，馮班在《鈍吟雜錄》中說：「於時侍人灼成一體有吳叔庠，邊塞之文所祖也。」在現存吳均詩作中，邊塞詩或邊塞相關題材的詩約十五首，馮班的評論的確公允。

吳均的詩文，《文選》一書中未選。不知是不是與梁武帝「吳均不均？何遜不遜？」的批評有關[4]。吳均的駢文成就較高，他的《與宋元思書》、《與顧章書》等，都是傳誦很廣的名作。吳均的詩和文一樣，多寫山水景物，風格清新挺拔，有一定的藝術成就。另外，他還有《續齊諧記》，是六朝志怪小說的優秀小說詩歌文學作品。[5]

中國歷史進入魏晉南北朝時期，便開啟了一個長期分裂的時代，而吳均所處的齊梁更是一個典型的亂世。這樣一個歷史環境靜深深影響了吳均的創作。當時具有相當文學素養的四代君主和王公貴族醉心於文創作。上行下效一時間舉國上下文采飛揚，詩人遍地開花，造成國泰民安，富強繁榮的假象，不僅常有帝王與文學掙勝，世族能文而自豪，而且，這也給吳均這般寒門子弟，編織了一個以文才入仕的虛幻美夢。《南史文學傳》記載，降級梁朝，其流彌聖，蓋由時主儒雅，篤好文章，故才秀之士，煥乎聚集，從中可知文壇繁榮一斑。透過駢文詩人們的眼睛，我必然可以更加清楚的看到駢文的面貌。

---

4　見《南史》卷三十三《何遜傳》有關。
5　見《魏晉南北朝文學史料述略》，中華書局，1997年版。

# 三、山水清音──與宋元思書

## （一）與宋元思書原文

　　　　風煙俱淨，天山共色。從流飄蕩，任意東西。自富陽至桐廬，一百許里，奇山異水，天下獨絕。水皆縹碧，千丈見底；游魚細石，直視無礙。急湍甚箭，猛浪若奔。

　　　　夾峰高山，皆生寒樹，負勢競上，互相軒邈，爭高直指，千百成峰。泉水激石，泠泠作響。好鳥相鳴，嚶嚶成韻。蟬則千轉不窮，猿則百叫無絕。鳶飛戾天者，望峰息心；經綸世務者，窺谷忘反。橫柯上蔽，在晝猶昏；疏條交映，有時見日。

　　　　　　　　　　　　　　　　（選自《藝文類聚》卷七）

## （二）與宋元思書一文分析

　　以「奇山異水」為全文綱目。第一段「概述」，先寫美景再寫閒情。第二段「分述」，寫「異水」，先寫「游魚、細石」的靜，再寫「急湍、猛浪」的動，由靜到動，寫水的深、清、急。第三段「分述」，寫「奇山」，以「樹之奇」來襯托「山之奇」。第四段寫山中耳聞之聲，刻畫聽覺之美。第五段抒發因美景所生的感觸。第六段以近景作結，呼應「奇山異水」。全文多四字句，多對仗，為儷體文。

　　南北朝時期是駢儷文成為文章正宗的鼎盛時期，期間四六數量豐富，大都是形式華美、內容空虛的作品，，但也有一些內容

充實、文辭豐美的佳作。吳均是南朝梁朝的文人，其《與宋元思書》就是駢儷文寫山水最出色的典範。

這是一篇吳均寫給他朋友宋元思的一封信的節選文。選文僅用一百四十四字，就生動傳神地再現富春江自富陽至桐廬兩岸的水光山色。吳均生活在政治黑暗的南北朝時期。他一生仕途很不得志，梁武帝時，私撰《齊春秋》，書稱梁武帝為齊明帝佐命，武帝惡，焚其稿，免其職。這使他心灰意冷，加之受佛教、道教思想的影響，他萌生了隱居的志趣。因此，本文並不是純粹的寫景。文章從行船游江的實見、實聞、實感出發，著重從「異水」和「奇山」兩個方面進行描繪，抒發了作者寄情山水、厭棄塵俗的清高思想，表達了對美好大自然的向往之情。

它開了駢文記遊的先河，與散文相比較，儷體文的表達方式有其語言上的特殊要求。下面試結合儷體文的語言特點來賞析《與宋元思書》，以見其寫作藝術的高妙。

1.語句上高妙體現駢偶和「四六」的特點。

駢偶又叫對仗，就是兩兩相對。儷體文多用「駢四儷六」對偶句，並要求句法結構相互對稱，魏晉時代的儷體文，句子的字數還沒有嚴格的限制，一般以四字句為多，劉宋時代，「四六」的格式完全形成。《與宋元思書》就集中體現了語句上駢偶「四六」的特點，如開篇即以「風煙俱淨」對「天山共色」。儷體文還把偶句歸納為言對、事對、數對、色對、正對、反對、意對、復對等類型。該文「急湍甚箭」對「猛浪若奔」，既是事對，又是正對；而「橫柯上蔽，在晝猶昏；疏條交映，有時見日。」則是色對，「昏」對「日」，復對、反對。該文除了

「四六」句外，還有五字句「鳶飛戾天者，望峰息心；經綸世務者，窺谷忘反。」而六字句二句「蟬則千轉不窮，猿則百叫無絕。」的對偶。但只求語意對稱，不求對偶工整，讀來清新峻拔，別具風味。通篇文句整飭勻稱，節奏疏宕諧婉，語意轉折靈活，細細品讀，韻味十足。白描的散行句子頗多，風格簡淡清新，沒有浮豔氣息。

## 2.「平仄」是與「四六」對仗的關係

　　對仗時應以平對仄，以仄對平。發端於齊梁，形成於盛唐。南朝齊代永明年間，聲律理論興起，著名詩人沈約把聲律論用於文學創作上，分漢字的聲韻為「平仄」（平即平聲，仄即上、去、入三聲）；寫作詩文，必定講求平仄相協，影響所及，文士更重視聲律音韻的運用，於是追求聲韻之美的駢文更趨興盛。

　　因聲律大盛，文學更趨於技巧、綺麗，音調更鏗鏘悅耳。《與宋元思書》中之「從流飄蕩，任意東西」、「水皆縹碧，千丈見底；游魚細石，直視無礙。急湍甚箭，猛浪若奔」、「泉水激石，泠泠作響。好鳥相鳴，嚶嚶成韻。蟬則千轉不窮，猿則百叫無絕。鳶飛戾天者，望峰息心；經綸世務者，窺谷忘反」等句皆出現兩句之間的用字，講求以平聲對仄聲，以仄聲對平聲音調的鏗鏘悅耳，使文章富於音樂性。

## 3. 用典更繁密貼切，詞藻更華美，聲律更嚴密

　　用典：古人又稱為用事。先秦古書用事者不少，漢代文章用典者更多。但到了魏晉以後，才以整篇用典為博雅，其主要目的

是想使文章更含蓄、婉轉、精鍊、典雅[6]。把前人的行跡或文辭引用出來，證明自己的觀點是古已有之的，是正確的。《與宋元思書》中之「鳶飛戾天者，望峰息心；經綸世務者，窺谷忘反。」「鳶飛戾天」出自詩經：大雅，旱麓篇。「經綸」出自禮記：中庸。

　　講究藻飾：駢文遣詞造句，著重典雅巧麗。即在詞語上講究華麗的色彩，因此，描寫顏色、金玉、靈禽、香花、異草、奇獸等語詞，就常被採用。如六朝不少駢文僅採用顏色一類的語詞，常佔全文的字數十分之一以上。《與宋元思書》中「奇山異水」、「水皆縹碧」、「皆生寒樹」、「泉水激石，泠泠作響。好鳥相鳴，嚶嚶成韻」等句，無不講究藻飾使用辭字美詞。

　　綜觀《與宋元思書》另與《與顧章書》、《與施從事書》等，都能以精簡文字刻畫山水，清新秀逸，「其秀在骨」，一掃六朝頹靡文風，錢鍾書《管錐篇》更說：「吳均三書與酈道元《水經注》……實柳宗元以下遊記之具體而微。」可見其影響之深遠。

## （三）深究

　　這是作者寫給友人的一封書信，但與一般書信不同，沒有問候的套與和日常事務的敘述，而是一篇由清詞麗句構成的寫景小品文。該文最早見於初唐人編的《藝文類聚》，這本書在選輯小說詩歌文學作品時，往往是根據不同專題的要求進行摘錄。因此，現在我們讀到的《與宋元思書》，也許並非是吳均與宋元思信的全文，而僅是作者描繪富陽至桐廬一百多里富春江上雄奇秀

---

[6] 見古漢語通論〈二十六〉・儷體文的構成〈下〉。

麗景致的一段。

　　文中，作者先總叙了富春江奇特秀麗的景色。「風烟俱盡，天山共色」，富春江的美景就是在這樣天朗氣清的壯麗背景中展開。「從流漂蕩，任意東西」，不僅寫出了江流宛轉，隨山形而變，江上小舟，順流而下，隨流飄蕩的情形，更表現了作者陶醉於美好大自然的閒適隨意心情。「奇山異水，天下獨絕」，既是作者在百里富春江上的所見所感的概括，也可以說是本文所寫山光水色的一個總體特點。下文自然就轉入對山之奇，水之異的描寫了。

　　平靜的江面，水之澄澈，以至千丈深的水都能見底，游魚細石都能看得清清楚楚。湍急的河段，水流又如疾箭，若奔馬，勢不可擋。誇張比喻中，水之異盡現。兩岸峭壁，皆生寒樹，層巒疊嶂，爭相競高，直入雲天，動態比擬中，山之奇畢呈。然後從聽覺寫泉音、鳥鳴、蟬嘶、猿叫，生機盎然的大自然交響曲，令人神往。於是，作者不禁觸景生情，自然流露出對追求利祿之徒的蔑視，含蓄傳達出愛慕美好自然，避世退隱的高潔志趣。最後四句，仍結在景上。清幽淡雅，餘音繞樑。

　　六朝文人在往還書信中好用景語作點綴，其作用大致有兩種：一種是用典型的景象打動對方，例如丘遲的《與陳伯之書》中寫的「暮春三月，江南草長，雜花生樹，群鶯亂飛」，就有引起對方故國之思，促其早日歸順廷的作用。另一種是借景物烘托寫信人的心情，例如六朝人偽托的《李陵答蘇武書》，其中「涼秋九月，塞外草衰，夜不能寐，側耳遠聽，胡笳互動，牧馬悲鳴，吟嘯成群，邊聲四起」這一段，就有力地烘托了寫信人獨居塞外、不得歸國的凄苦心情。由此可見，書信中的景物描寫也是有意而為，是服務書信的宗旨的。至於吳均此書宗旨如何，因不

見原信全文，難以臆斷；如果僅就這段景物描寫而言，其要害當在「飛戾天」兩句上，其宗旨可能是自明本志，也可能是對朋友婉言相勸，希望他早日離開官場過隱居的生活。

別具一格的構思。文章沒有出現人物，但又字字不離人物。它給讀者者設計的環境和氣氛是：一艘小船在富春江上隨流而下，作者於船上飽賞着滿目風光。崢嶸的山石，浩蕩的江水，挺拔的寒樹，清麗的猿叫，給人以秀拔勁峭之感；漾漾的碧波，娓娓的游魚，泠泠的泉聲，嚶嚶的鳥語，久久的蟬鳴，顯得清麗寓潔，令人讀後如入詩畫。

## 四、結語

南北朝在中國的文學歷史上，是一個相當燦爛的時代，無論在文學創作，或者是在文學理論，乃至新的文學觀點、新的文學形式上，都有著重大的影響。[7]

而六朝時期駢儷文風潮鼎盛，風格華靡，講究用典，追求辭藻氛圍下，吳均卻不同於他人，其駢儷文風格清新自然，不嬌柔造作，仍具美感者，多書寫山川美景。其寫景細緻，用詞清魅，「其秀在骨」，輕易的引人入勝，好奇他筆下之山水真有如此氣勢；文字間給人舒適的意境感受，暢遊在文章間縱使無身歷其境彷彿也能聞其所聞，並擅用書信方式，平鋪直述，表達方式不曲折晦澀，用韻方式和諧讀來不詰屈聱牙。

大致來說，魏晉是駢儷文形成期，劉宋是發展期，齊梁是

---

[7] 見謝奇峰試，從《顏氏家訓》探索北朝文學觀，p11。

成熟期。也就是說，南北朝是駢儷文全盛時代，它成了文章的正宗，代表作家有雖然有徐陵、庾信等。再以山水文學的創作而論，吳均〈與宋元思書〉的內容，跟酈道元的《水經注》，便有很大的差異。無論文字技巧，及內容方式，都有相當大的不同。

故吳均實為一駢儷文大家。在駢儷文盛行的時代，大家都講求形式，但吳均卻能擺脫時代風氣，雖寫駢文但他以清新的脫俗風格躍然於眾家之上，宛若蓮花般魅而不妖，吳均在駢儷文的地位上，是有其一定的成就。

參考書目（略）

# 「三王」治理下的閩國文學發展初窺

## 摘要

唐末中原戰亂頻仍，遭受戰爭摧殘的環境下，社會紛亂，人心不安，中原人口不斷外移，隨著人口的外移，大部分士族亦避難南遷，中原文化也隨之得以散播。五代十國，中原地區以外的楚、南漢、閩、前蜀等竟均為士族逃離避難安身立命之所[8]。

在這期間「三王」王潮、王審邦、王審知所建立的閩國，可以看作與中原王朝關系密切的時期，也能通過朝貢等方式與後梁和後唐保持良好的關係，使中原文化繼續南傳並發展。王審知藉傳播中原文化的政治理念，以效忠唐王朝作為政權建立的根本，所以唐王朝的冊封在王審知看來就很重要。除此，王審知發展海外貿易使更多的南下的移民徙居海外，更促進了中原文化的進一步傳播。

王審知建立閩國後，一方面在政治上積極作為；二方面獎勵文士、重視文化教育事業發展，將中原文化的儒家文化，加速

---

8　見《三王治閩與中原文化的南傳》，李志堅（信陽師範學院歷史文化學院講師）。

了在閩地的生根與發展。本文即以開閩王王審知所建立的閩國為例，舉出一、二位代表作家，探討當時閩國文學發展的情況。

在王審知治理下的閩國文化，確實產生了文化興盛的盛況，及提高了閩國的文化發展水平，具有重要的文化意義。

關鍵詞：三王　王審知　閩國

## 壹、前言

五代十國之一的閩國為「三王」王潮、王審邽、王審知兄弟所建，管轄範圍約為今福建省全境。

唐末中原戰亂頻仍，遭受戰爭摧殘的環境下，社會紛亂，人心不安，中原人口不斷外移，隨著人口的外移，大部分士族亦避難南遷，中原文化也隨之得以散播。五代十國，中原地區以外的楚、南漢、閩、前蜀等竟均為士族逃離避難安身立命之所。

在這期間「三王」王潮、王審邽、王審知所建立的閩國，可以看作與中原王朝關系密切的時期，也能通過朝貢等方式與後梁和後唐保持良好的關係，使中原文化繼續南傳並發展。王審知藉傳播中原文化的政治理念，以效忠唐王朝作為政權建立的根本，所以唐王朝的冊封在王審知看來就很重要。除此，王審知發展海外貿易使更多的南下的移民徙居海外，更促進了中原文化的進一步傳播。

王審知建立閩國後，一方面在政治上積極作為；二方面獎勵文士、重視文化教育事業發展，將中原文化的儒家文化，加速了在閩地的生根與發展。本文即以開閩王王審知所建立的閩國為例，舉出一、二位代表作家，探討當時閩國文學發展的情況。

## 貳、閩國的建立

　　唐僖宗光啟元年（885年），安徽壽周人王緒率軍進入河南光州，一度被授予光州刺史。光州固始人王潮、王審邽、王審知兄弟三人投入麾下，並助王緒統光州軍三萬人南下江南，以求發展。部隊轉戰江西、粵東進入閩西、閩南。在南安縣由於發生兵變，眾廢王緒，擁立王朝為帥，進駐泉州並擁有福州，在消滅反對勢力後，唐昭宗於景福二年（893年）授潮福建觀察使，審知為副使，審邽為泉州刺史。王氏兄弟以光州軍力支撐，遂掌握了福建全竟統治權。次年王潮病故，朝廷生審知為節度使，數年後又策封為琅琊王、閩王，成為五代十國中閩國得首領。[9]

　　由上可知閩國基業始創於王潮，而由其弟王審知發揚光大，進入全盛時期。史書稱，王審知「自隴畝，以至富貴，每以節儉自處，選任良吏，省刑惜費，輕徭薄斂，與民休息，三十年間，一境晏然」。其治閩的貢獻大體有：重視人才的培養和選拔；發展生產，節儉自處；修建港口，發展貿易，促進商品流通；重視福州的城市基本建設。在其任職期間，福建經濟建設有了很大發展，出現了「時和年豐，家給人足」的景象。王審知因此被閩臺後人尊為「八閩人祖」，「寧為開門節度使，不做閉門天子」[10]。其入閩治閩，使福建成為當時全國比較穩定繁榮的地方，被喻為「文儒之鄉」。因此他也被後世稱為「開疆閩

---

9　見《王審知學術研討會論文集》，P85頁，陳章禮主編2000.04。
10　見《淺論臺灣人與固始的淵源關係》林永安《臺灣源流雜誌》主編，臺中市公共藝術審議委員會委員）。

王」[11]，深受百姓愛戴。此時，福建人口上升到46萬多戶，王審知被尊為「王氏閩臺祖」，其作為影響後世深遠。

## 參、重視人才、提倡教育文化

王審知到閩地前，與全中原其他地區相比較，閩地所受中原文化的影響還不夠深化，當時閩地文化更多的是本土宗教文化和本土文化為主的局面，從當時考中進士的人數偏低，不難發現文化尚未全面發展。

閩國文化的建樹，王審知貢獻是多方面的。首先，廣招文化文士名人，善於量才用人。當時閩中文化人才奇缺，而王審知隨從入閩的，多是務農為多，開拓閩海，必須招羅一批有識之士，以其敷揚教化，提高本土百姓文化素質，始能促進盡社會進步與富庶。

其次，多方興學，培育閩中人才。設立四門學促使教育事業發展，越出門閥教育，推廣民間教育，以提高閩中文化素質。閩王善用人才輔政，作為智敏的舉措之一。「閩人任閩中機要人員，自審知始，宋代相沿，幾成為流行全國的官制[12]」顯示閩王知人擅用，選賢用才的膽識和才智，影響頗深。

再者，搜求書籍，大力扶持印刷業，為文化傳播和流通，建樹一幟。如「良琊王德政碑」述及：閩王「亟命尋訪，精於繕寫，遠貢劉音之閣，不假陳農之求，次弟題簽，森羅卷軸」，為搜求徵集古籍，盡心竭力，尤其對於佚書散冊的廣泛蒐集，即時

---

[11] 見《王審知與閩臺關係研究》，陳榕三（福建省社科院現代臺灣究所研究員）。
[12] 見《王審知學術研討會論文集》，P125頁，陳章禮主編2000.04。

搶救文化寶藏，是後世肯定的一大功績。

最後，文化民俗的演進，三王入閩後，有數不盡的中土人士，隨在閩中落戶。而廣大的中土名士，助閩敷揚文化，促進民間習俗和風氣的淳樸與文明，這是閩王治閩又一功績。閩王倡導閩士的習俗民風，引向中原文化方面發展，不僅收到「文教之開興」效應，也收到「備五方之俗」[13]的成命。

王審知在位時是閩國的黃金時代，這一時期的文學也較為興盛。王審知通過改革創設穩定的政治環境，這穩定的政治環境提供了文化和文學傳播發展的必要條件，同時政治也是文化發展的重要支柱，而經濟的發展為中原文化的傳播提供了相應的物質基礎。並大力延攬各方人才，對士人持歡迎態度，對人才的延攬，王審知懂得要使閩地這樣一個偏僻而落後的地區存在和發展，就必須擁有人才，最有效的就是起用從中原而避難到此的知名人士和賢才，委以重任，借助他們的政治經驗和支持。「招賢村」及「招賢院」即吸引、起用各種人才，納入閩的中原公卿名士，不少人慕名來閩幫他治閩。《五代詩話·例言》有述：「十國文物，首推南唐西蜀，閩則韓（偓）、黃（滔）、翁（承贊）、徐（夤）諸君子，連茵接軫」。如任翁承贊為相、黃滔任節度推官等。為文人賢士創造優越的生活環境，還施醫贈藥，接濟財務，以詩教來傳播閩中的文化知識。

正如《新五代史》卷六十八載、《福州地方志》記載：「王審知『好禮下士』，唐相溥之子；楊沂，唐相涉從弟；徐寅，唐時知名進士，皆依審知仕宦。」曾組織大批知識分子，搜集繕寫

---

[13] 見《福建通志》，卷三，《風俗》。

各家遺書，「次第簽題，森羅卷軸」《琅琊王德政碑》。又「建四門學，以教閩士之秀者」《新五代史》卷六十八，使教育較為普及。另府有府學，縣有縣學，鄉僻村間設有私塾。加上為政較為寬鬆，處事較為豁達大度，文人有自安之感，諸如：韓偓、王倜、徐寅、黃滔等的文人聚集閩國。大大便利了中原文化、文學在閩國的傳播，極大地提高了閩國的文化發展水平，具有重要的意義。因此，雖地處一隅的閩國文風鼎盛，因而科甲聯登，文學盛極一時。

## 肆、閩國當時的文學概況

正如《福建通志》總纂陳衍在《補訂〈閩詩錄〉叙》中所說：「文教之開興，吾閩最晚，至唐始有詩人，至唐末五代，中土詩人時有流寓入閩者，詩教乃漸昌，至宋而日益盛。[14]」這一評述反映了福建地區的正統封建文化教育發軔於唐代前期，至唐末中土士人大量南來，逐漸形成規模，至宋代而文學始興盛的基本史實。

根據何錦山《五代閩國文學探論》[15]一書中認為閩國文學興盛的關鍵，乃當時有很多人加入文學創作的行列。其主要有：

（一）王族成員。如王審知弟王延彬「雅能詩，辭人禪客謁見，多為所屈」[16]。王延彬任泉州刺史時，「徐寅每同游賞，及陳郊、倪曙等賦詩酬酒為樂，凡十餘年」[17]。再如：王族成員王

---

[14] 見《福建通志》，總纂陳衍《補訂〈閩詩錄〉叙》，民國十一年。
[15] 見《王審知學術研討會論文集》137－138頁，陳章禮主編2000.04。
[16] 《全五代詩》卷七十五，轉引自《十國故事》。
[17] 《全五代詩》卷七十六，轉引自《十國春秋》。

繼勛等文學的創作也是一股助力。

（二）外地宦游流寓閩地的文人。五代時期，中原動亂，閩國地處東南一隅，可謂世外桃源。不少中原文人相繼入閩，促進了閩地文學的發展。進入閩地的著名文人如：

1. 韓渥，京兆萬年人。其詩收入《全五代詩》，共345首。入閩前多綺靡之作，入閩後詩風為之一變，寫出不少傷時時憂世和慷慨憤激的作品。

2. 崔道融，荊州人，因不事朱梁，入閩依王審知。《全五代詩》存其詩79首。

詩風清麗通暢，冲淡閑雅，語言樸素自然，不假雕琢。

3. 詹敦仁，河南固始人，入閩之初穩居仙游植德山下，曾為清溪令，後隱居佛耳山。中原入閩文人還有：王滌、李絢、王標、夏侯淑、王拯、楊承休、楊贊圖、王侗、歸傳懿、鄭戩、陳誼等。

（三）在閩國任職的當地文人。有代表性的如：

1. 黃滔，莆田人，唐昭宗乾寧二年（895）進士。王審知主閩，表請滔為監察御史里行，充威武軍節度推官。當時入閩的中原文人聚集黃滔門下，使其無形中成為當時閩國文壇的盟主。著有《泉山秀句集》。《全五代詩》收其詩201首，《全唐文》收其文四卷。

2. 徐寅，莆田人，曾被王審知禮聘入幕，官秘書省正字。《全五代詩》收其詩266首。更長於賦，《全唐文》、《唐文拾遺》各收其賦一卷。

3. 黃璞，莆田人，為王審知幕賓，著有《閩川名士傳》等。

4.翁承贊，福清人，曾為閩相，著有《畫錦詩集》，《全唐詩》編其詩為一卷。

楊蔭深的《五代文學》，該書亦頗重視閩國之詩壇，說明在閩太祖時，「賓至如歸，唐之衣冠卿士，跋涉來奔」，故「閩文學遂得稱盛」對韓偓、黃滔、崔道融、徐寅等人的作品也比較稱賞[18]。

## 伍、代表作家暨其文學成就

雖然，唐末詩壇是一個以「晚唐體」為主體風格的多樣化組合，黃巢亂後至唐亡的二三十年，大部分詩人皆有一種淡泊避世的心態，普遍傾向在大自然中磨勵詩藝，內容上多偏重寫景詠物、生活瑣事、羈旅情懷。有部分詩人能突破晚唐的藩籬，出現強烈的個性和全面的才能。

閩國詩人相對分作兩大群體：一在福州，以黃滔為宗主，翁承贊為主將。這些文人都由唐移入的文人舊臣；另一在泉州，以刺史王延彬為府主，徐寅為上客，所聚結的陳乘、陳郯、倪曙以及曾文超等幾乎都是閩籍新秀，較之黃滔一群詩人更多文人氣質和隱逸成份。他們相互唱酬，結詩為集，詩風較盛，直至王延彬被黜，王審知病卒，閩國亂起，才結束了閩國詩壇的全盛期。本文將閩國主要代表作家介紹如下：

---

[18]　《五代文學史》楊蔭深著，民國，1冊，32開，122頁，商務印書館發行。

## 一、在閩國任職的當地文人，代表作家為黃滔

黃滔在作為一名政治家的同時，不失詩人本色。在此期間，他將自唐高祖武德至昭宗天佑290年間福建詩人寫下的詩歌，編編集成《泉山秀句》30卷。這是福建的第一部詩歌總集。除了《泉山秀句》，黃滔還有文集4卷被後世收入《全唐文》，詩歌208首被收入《全唐詩》，另有《東家篇略》10卷刊行于世。他的作品包括詩、賦、文和文學評論等。由於他的文學成就，被當時的士人推為福建詩潭盟主，被后世譽為閩中文章初祖。

閩國詩人黃滔對中唐詩學思想的繼承與發揚頗多。黃滔痛心於亂世的離亂悲苦，生靈塗炭，因而取關注社會，正面人生的態度與政教詩學的主張，在一定程度上延續了中唐感事寫意的詩學傳統。這就是晚唐五代十國中閩國詩學思想在整個古代詩學史上的地位與作用。

然而，儘管黃滔的詩文賦具有很高的成就，但歷史並未給予他應有的地位。洪邁認為造成這種現象的原因主要是，黃滔「得官未幾而朱梁移國，因歸閩不復西，故不克大章顯於世」。黃滔太早脫離了政治輿論的權力中心，回到遠離中心的福建。這是黃滔文學成就未取得應有的歷史地位的主要原因。

## 二、外地宦游流寓閩地的文人，以韓偓為代表

蘇黎明《從韓偓貶後詩作看其晚年思想》、楊潔明的《論韓偓政治抒情詩》兩書中說明韓偓早期「喜歡用近體尤其是七律的形式寫時事，紀事與抒情、寫景相結合，用典工切，有沉郁頓挫的風味，這些都是繼承了杜甫、李商隱的傳統；而能將感慨蒼

涼的意境寫於清麗芊綿的詞章，悲而能婉，柔中帶剛，則又有他個人的特色」[19]。特別是遷謫以後的晚期作品，縱橫開合，清壯瀏亮，稱得上唐代七律的殿軍。作者還認為，韓偓的寫景詩也寫得相當出色，他不但能維妙維肖、具形具神地描寫各種景色，更重要的在於「能夠從景物的畫面中融入自己的身世之感，即景即情，渾然無迹」。作品強調了韓偓關心國難時艱、同情人民疾苦的內容。陳伯海的《韓偓生平及其詩作簡論》則首次對韓偓的詩歌創作進行了較為系統、深入的研究。該文認為，韓偓各類詩作中，最有價值的是感時的篇章。它們是唐末動亂時代的寫真，幾乎是以編年史的方式再現了唐王朝由最後痙攣以至死亡的圖景。

　　而賈晉華的《五代泉州詩壇》則可以說是五代後期，泉州仍活躍著不少詩人，主要有詹敦仁、詹琲、劉乙三位詩人，「他們現存的詩歌作品以表現隱逸生活情趣、描繪山水景物為主，風格較為清新淡逸，自然渾成，不落僻細苦吟之迹，與韓偓、顏仁郁的隱逸詩相承。泉州詩人卻由於受韓及禪風影響，上承溫、李和盛唐，詩歌風格呈現出華麗、清壯、淡逸等特色。於白體、晚唐體外拔戟自成一隊，在五代詩歌史上占有一定地位。[20]」

---

[19] 見陳伯海的《韓偓生平及其詩作簡論》。
[20] 見《二十世紀隋唐五代學研究綜述》第五節〈晚唐其他中小詩人和五代十國文學研究〉，杜曉勤。

# 陸、結語

閩國文學的興盛，應從「三王」王潮、王審邦、王審知兄弟興邦治國，致力於文化建設開始。閩國文學興盛的標誌，是有較多數量的文人加入文學創作的行列。其主要為王族成員、外地宦游流寓閩地的文人、在閩國任官職的閩地文人。在詩歌方面，閩國文人所創作的詩歌，因作者不同而內容較為豐富。主要的有：對閩國內地秀麗山水的描繪、抒發內心的感慨、寄贈唱和、對閩國現實社會的描寫、咏物詩、與佛教有關的詩。在散文方面，閩國文人所寫的散文，內容較為為豐富，形式多樣，其有代表性的作家如：陳黯、黃滔、詹敦仁、王瞻等。關于賦，唐律賦至五代而別開生面，一些表現某種特定生活經歷的抒情之作被引進律賦的領域。五代律賦家輩出，而閩國文人如王繁、黃滔、徐寅等占有重要位置。關於文學批評，五代閩國的文學理論，以黃滔、徐寅為代表。

總之，在王審知治理下的閩國文化，確實產生了文化興盛的盛況，極提高了閩國的文化發展水平，具有重要的文化意義。

參考文獻（略）

# 現代詩

# 花崗岩島

風絮語著
那翹起的燕尾正試穿著歷史的披風
成群結隊的阡陌高粱是刺眼的綠
番薯藤緊緊摟著赤土
仙人行腳早早伴隨燈火睡去
陳淵走進歷史
延平成了郡王
牧馬侯又趕上年度的拜拜
榕樹天地寬了
相思　苦苓　野百合爭問一縷春天
木麻黃不也站成一排排隊伍
當炮火和戒嚴令重重撞擊
我就回應以這麼厚厚的石聲
砲聲遠了
早春的斑鳩無意地伸出雙手
毋忘在莒——染紅的雙眼　無語向蒼天
苔蘚依念著母親
浪濤敲著后土
兀兀潑墨著

山河大地
宿命苦難
島

# 風獅爺

以一身的英姿
守護吾島眾生
看
秋去春來
晨星日月
雨雨風風
名利　是陽光下的煙嵐
諾言　是一生中的堅持

凝視前方
叫東北季風怯懦
張牙列嘴
盡吞魍魎魑魅

顆顆誠心
披風一件
紅燭兩枝
清香三柱
裊裊煙霧

聲聲祈求
叫我難為

情長兒女
豈是我心中永遠的痛

# 酉堂

孔孟先賢陸陸續續走進酉堂
日月池早已恭迎在外
四書五經也來了
彩虹般的小橋永遠指向「學而優則仕」的大道

廡廊下
一卷書
一枝筆
一方硯　朱墨爛然
一杯茗品
一副字畫
一場棋局　風聲談笑
偶望晨星日月
讀官場浮沉錄
是我縱橫海上
心底的小小世界

我雖目不識丁

刀如鞭

柳條輕

筆如杵

千鈞重

夢醒時分

黃百萬──尊號依舊在

黑令旗──浪濤聲中逝

然而

一生的志業與堅持

在酉堂中

已揮灑自如

# 把番薯情別在襟上

一張張繼承系統表埋在后土裡
牽起左昭右穆，億萬子孫跑不了
拉起臍帶，長江黃河的血波瀾沸騰
灌漑起中國
擁抱一群一群番薯子孫
轟然蓋地叫著：母親
喊醒五千年的子宮
哺育戰亂和飢渴
顛沛的腸　流離的胃
讓我親手為你填寫備忘錄
並把番薯情別在襟上

把番薯情別在襟上
當驚蟄在皇天奏起雷的音符
我用耐勞的牛
意志的犁
甘願的汗
一鏟一鏟挖掘下去
掘到心脈

挖到血緣
你們疼嗎
只要忍耐一下
「番薯王」蹣跚起身
鍬開太史筆
向歷史巨人喃喃控訴
讓我出去……

且把番薯情別在襟上
抓牢臍帶
管他古寧頭　還是八二三
是紅心　或是白心
我要把雙手傳遞出去
讓世界進來
陽光來點名
春雨要報到
這些事似近又遠
而一聲聲雞曉
我將捲起明朝
叫醒郡王延平

# 在風中晾乾靈魂

六十塊的袁大頭出賣了我的靈魂

嚴父龜裂的臉龐，兩眼空洞如蒼穹

浯江溪水無心切割一道道如霜的慈顏

兄弟在風裡雨裡捉迷藏

鐵蒺藜惹得老屋匍匐窺伺

米缸上顏真卿的「滿」字，張開血口噬人

豬隻是侏儒

花生才剛從土裡睡醒

番薯總是趕不上唱空城計的飢渴

鱸魚誓言守著家園，不再旅行

桃花出走三月的舞臺

就是我的靈魂嚐來最無味

將在風中晾乾靈魂

然後摺疊包裹起

典賣給無知的未來

在風中晾乾靈魂

日頭不再休假

餵不飽的竈肚，放肆吐霧呻吟

鳳仙花的血
濺射出一幅關漢卿的雜劇
抬眼
靈魂在訕笑
哼！哼！燒烤我的心腸
屍骸嗆聲門神
片片落葉寫著北風涼
荊棘鋼索綁不住我的靈

在風中晾乾靈魂
洞房夜雪花飛
月光忘了穿衣
苦澀摔跤在酒杯裡
死魚乾的紅燭射不中青鳥的幌子
龍鳳被裡糾結如回鍋的老油條
翻身
是肉
抑是竇娥的靈

# 星月醉在杯裡

如果湖底是杯，那湖水就是酒了
如果寶月泉是酒，那太湖就是一碗高粱
開啟一瓶寶月泉
傾倒在漣漪的碗公裡
我肅然高舉一碗公的太湖水
醱酵
一巡　向蒼天謝恩
再巡　向后土致意
三巡　向太武敬禮
眾神阿！
這美麗的錯誤
我願高杯飲盡——瑤池盛會偷藏的私釀
輕生
在杜康的胸懷裡

一瓢瓢的寶月瓊漿
杜康傲然掬起
注入五湖與四海
化作詩詞曲賦

吟出悲愴的樂音
成為豪傑與英雄
清醒的長江微醺了
豪邁的黃河酩酊了
曹操當歌　幾回酡
阮籍步兵　豈能酣
李白對影　獨能醒
淵明欲眠　何須醇
醪醪釀釀的生命　夠人醉了
即便天使再舀取一瓢
就醉足它千萬年

萬代千朝輕生在杜康的胸懷裡
待來生酒醒時
北京二鍋早已淹沒大江南北
金門高粱竟也反攻大陸
醃漬臺灣，滷味了中國
是敵
是友
今夕
沒有高粱，心是寂寞的
夢醒
星月醉在杯裡

# 花的故事

## 一月蝴蝶蘭

　　一隻一隻參加宴會的蝴蝶

　　以模特兒之姿

　　化身一件一件五彩的羽裳

　　花枝招展

　　羞澀的花苞

　　等待

　　前世

　　盼望

　　今生的新郎

　　當

　　起風時

　　教堂的鐘聲

　　呼喚達達的馬車

　　駛入幸福的蔚藍

## 二月杏花

妖嬌的鄰家女孩

眼紅的洋裝

射傷了行人的眼簾

探頭

踮腳

躍過冬末的牆頭

撕破春天的面紗

找尋前世的身影

溫馨的花蕊

孵著一張豔容

怯憐的眼眸

讀

我

## 三月桃花

把春風戲弄

我是一位春天的舞者

情愛的主角

揮灑夢幻的天空

以理想作背景

以心情作畫筆

以大膽作顏料

冰雪突襲的

三月
不管誰來勒索
誓不做春天的奴隸

## 四月牡丹花

如果春天不喜歡
豈肯不經意留下大方的容顏
競逐於千花萬海中
假使萬花不爭寵
何來天下第一花？


在國強民富的唐朝土壤
蘊育了武則天
只因種上偶然
朵朵天香
遍地
開

## 五月石榴花

我有萬千的紅唇
微笑向人間
染紅夏天的胸口
叫醒火樣的花神
不想嫁給春天
想要寫一張批

叮嚀
　　同命運的代代子孫
　　莫要
　　在石榴裙下
　　攪動一池的春水

## 六月蓮花

　　我是夏天
　　用一生一世的血淚
　　奉獻給大地
　　不驚爛土
　　不攀緣帶故
　　正直做君子


　　我的苦蓮子
　　是一生的寄託
　　周敦頤的志節
　　卻深藏在淤泥裡
　　愛蓮的追星族
　　在宋史的窗口
　　遇見
　　字裡
　　行間
　　正打印著
　　粉絲

的名字

## 七月鳳仙花

阿嬤青春時代愛水的指甲油

是天上仙女的血淚

滿腹的委屈化作

指尖的豔紅

誓願

青天

再白


求你碰觸我

讓冤屈得以結果

瓣瓣的辯白

雖是我的痛

「金蘋果」的激動

故事已染紅了

人間

誰問

## 八月紫薇花

聽說

秋天是一朵朵微開的紫色

朵朵結成一首首的詩句

壓得厝頂東倒西歪

當秋風回來
在滿滿鄉愁的信內
與我對視
「平安」兩字
是阿母一輩子的寄託

## 九月桂花

一瓣瓣掛在天頂的新月
開成一把花傘
想要寫一張信給她
和伊談心
遲遲不敢開口
怕人笑我太癡情

就把花香還給自然
堅持守護每一吋土地
留下
佛堂約定的祝福

## 十月芙蓉花

讀你，漲紅了臉
不勝酒意
你從詩中一字一句婆娑走來
讓我從你百變的身影

點染的紅唇上
咀嚼阿嬤一生的故事
想藏在心口
在秋天的巷弄
細數一抹夕陽的彩虹

## 十一月山茶花

你是我一生追求的新娘
不要輕易露出溫柔的心房
讓月兒覬覦你的馨香與美麗
開啟一扇小小的窗
讓我飢渴的眼神
貪婪地
往最溫柔的深處
吞噬你夢幻的背影

## 十二月水仙花

你綻開的那部心經
是眾神的家園
在紅塵中
自戀不再

阿母
以虔誠的布施化來的仙花
頂禮

供養
消災延壽的琉璃光菩薩
用一生的祈願
凍結了人間所有的
苦難

# 一顆流浪的心

之一

　　流浪在浯鄉

　　一顆心

　　太武山是伊的母親

　　跋涉

　　雲霧呵護的松樹

　　待宵花巧手編織的地毯

　　夢中的村頭

　　咱愛玩耍的番薯園

　　阿公的高粱田

　　阿母洗裳的埠頭

　　蹣跚

　　竟遺失了

　　船仔頭

之二

　　流浪在浯鄉

　　一顆心

暮春的三月
雲霧突襲
仲夏的芭蕉
荷雨緊敲
霜露雷射西風的臉龐
枯籐攻擊冰雪的披肩
驚悸的
奔回了原鄉
是否
還記得菅芒花ㄠ喝的天空？
害人相思的漢、唐？

## 之三

流浪在浯鄉
一顆心
漂泊的身世
早已走入燕南山的線裝書裡
方方正正的宋刻版體
字字句句的笑貌音聲
是朱熹
衝著歷史的窗口
渴望
宣告千萬代儒林的大願

光暈正燒烤著月圓
魁星高掛蒼穹
潮水拒絕陸地的邀約
歷史又已翻到欲知後事如何的關卡
延平郡王乘浪而來
卻也空載期待而去

## 之四

流浪在浯鄉
一顆心
迷樣的故事
熾熱撒滿天空
飢渴緊抱赤土
忠厚的野莧藜刺向了明朝的心
是否
還記得鳳尾草出走的天空？
害人相思的老樹、潮音？

## 之五

流浪在浯鄉
一顆心
菽菓山是伊的祖厝
流淌的山河

竄起異族
就像身後長長糾結的辮子
鬧脾氣
一紙還界令焚燒了
故土
夕陽把天邊熨得發紅
一髮青山
落葉瘦西風

## 之六

流浪在浯鄉
一顆心
雄雞叫醒了青天與白日
來不及閃躲扶桑的紅球
忍教武士刀鬼哭神號
是否
還記得罌粟花搶劫的天空？
害人相思的秋月、笛聲？

## 之七

流浪在浯鄉
一顆心
蜿蜒的身世
硬把春天深深鎖在門外
加護病房拒收

無語的溪水
以死不瞑目的屍骸
驗證古寧頭、八二三的風雲
無明砲彈的二度傷害
造就夜晚的眠夢
木麻黃站成一列列衛兵
像海浪捲起藍色的天頂
鐵絲網斬斷情感的血脈
像草原躍進悠悠的白雲

## 之八

流浪在浯鄉
一顆心
近鄉情怯
拜訪了
落地生根的番薯，拜訪了
結穗的高粱，拜訪了
飽仁的土豆，拜訪了
一畦一畦的麥田，拜訪了
胖嘟嘟的西瓜，拜訪了
清香嗆鼻的蔥蒜
是否
還記得酢醬草呼喚的天空？
害人相思的好吃糖、叫賣聲？

## 之九

　　流浪在浯鄉

　　一顆心

　　咀嚼咱細漢時陣

　　阡陌交通

　　破曉的雞鳴

　　悠揚的長笛

　　黝黑作穡人

　　清閒的小牧童

　　躲在茅舍竹籬的老牛

　　活潑的彈塗魚

　　肥肥嘟的青蚵

　　儼然

　　晉的桃花源

## 之十

　　流浪在浯鄉

　　一顆心

　　咱仙洲島嶼上

　　滾滾熱鬧

　　選舉如風中搖擺的旗幟

　　大橋卻藏在流標裡

　　賭場煙塵起

　　大學滿地走

菸酒牌滿街跑
觀光客走進口號裡

一顆心流浪在霧裡
倒臥在浯鄉的門埕
浯鄉戀迷著天堂
天堂
在夢裡
是否
還記得靈魂回家的蒼空？
害人相思的皇天、后土？


註：2012年6月1日，金門大橋終於正式動工。

# 溪水khe-tsuí的ê故事kòo-sū

第一節tē-it-tseh：

你敢kám捌bat過去有一條潺潺tshants-han流的ê溪水khe-tsuí

太武山Tāi-bú-suann南麓是伊i的ê源頭guân-thâu

暝日mê-jit，流過

雲霧保護pó-hōo的ê松樹siông-tshiū，流過

待宵草編pian織tsit的ê草蓆tsháu-tshioh，流過

咱lán村庄tshun-tsng，流過

阿公的田園tshân-hng，流過

阿母洗衫sé-sannê的埠頭poo-thâu，流過

咱lán愛耍sńg的番薯園han-tsî-hng，流過

細漢suè-hàn時陣的ê故鄉kòo-hiong，流過

大橋頭加ka渡頭tōo-thâu，也遇著gū-tioh

春天tshun-thinn，拜訪pài-hóng

熱天luah-thinn，遇著gū-tioh

秋天tshiu-thinn，嘛mā看過

寒天kuânn-thinn

溪水阿，溪水！

你有遇著gū-tioh咱lán細漢sè-hàn時陣sî-tsūn

共kā我guá搖手的ê菅芒花kuann-bâng-hue

閣koh害hāi人相思siunn-si的ê相思樹tshiū？

第二節tē-lī- tseh：

你敢kám捌bat過去有一條潺潺tshan-tshan流的ê溪水khe-tsuí

雙乳山西麓是伊i的ê祖產tsóo-sán

一路遠足uán-tsiok

活潑uat-phuat的ê鳳尾草探頭相sann借問

愛婧ài-suí的ê花蕊hue-luí笑哈哈tshiò-hai-hai

若像tná-tshiūnn倚khiā衛兵的ê木麻黃bok-muâ-hông

驚我熱juah，拿thê傘幫我遮lia

沒bô想到從tsiông山頂suann-tíng摔倒siak--tó的ê石頭

甚至sīm-tsì墜落tuī-loh我guá的ê身軀sin-khu

阻礙tsóo-gā我guá的ê胸坎hing-khám

毋知m tsai什麼時陣？找到我的出路

溪水阿，溪水！

你有遇著gū-tioh咱lán細漢sè-hàn時陣sî-tsūn

藍色nâ-sik的ê天頂thinn-tíng

閣koh悠悠iu-iu的ê白雲peh-hûn？

# 跋

這是我的第三本書。

記得學生時期就非常羨慕文學家的「著作等身」，這句成語總讓我充滿無盡的敬佩與豔羨，內心竟也是翻滾不已，但卻不知創作者背後的辛苦與歷程。

如今大概也能領受創作歷程的各種情愫，以及酸甜苦辣的滋味。個人學經歷有限，見識不廣，也只能寫出個人興趣或自以為有意義的題材。尤其自己賴以生長的金門的人、事、物，特別是生活中的鄉土小人物，或鄉土民俗相關的故事。個人一直以為能知家鄉事是一種幸福與福報，也願意將感想分享出來，雖然無法滿足每一個讀者的需求，但它總是另一種聲音的代表，而許許多多的不同聲音不就是人們對家鄉共同的期望嗎。所以對於他人的期許、讚賞、或批評或建言、或冷漠……自當虛心謝教，以期有朝一日，能再為家鄉做更多的事。

這一本書的內容，主要分為兩大部分：第一部分是散文，除了繼續關懷鄉土的內容外，亦有有嘗試將平日所學的「易經風水」，做實務性的探討印證，另有兩篇是個人進入福建師大進修的心得報告，是屬較不同的文章。

第二部分是現代詩，談到詩，它是精鍊的語言，表達手法應該不同於散文的揮灑自如，往往要考慮到諸多方面創作的立意與

技巧。儘管兩者題材相異，但多少能表達作者的心思與情感。書中的詩作首首都曾是歷經一段時間的煎熬，才登載出來的；試圖以現代詩來傳達一些訊息。那就是對家鄉金門一草一木、一磚一瓦、一人一物的感情與想法。並且嘗試閩南語詩的創作，無非想善盡一位金門人的責任吧！

不論誰何，關心金門，殊途而同歸。這一本書也是承續前兩本書的心境與志願，當然也是給自己不斷的鞭策的磨刀石，希望能再有第四本書……的問世。

非常榮幸能獲得福建師範大學文學院長陳院長慶元教授，親賜序文。陳院長目前在臺，客座於中央大學文學院，擔任研究生和大學部指導，是魏晉南北朝文學方面研究的學者專家，在繁忙教學研究之餘，能親臨教誨，備感榮焉！

另外，也要感謝金門縣文化局讓本書有出世的機會，如果不是文化局的贊助，個人是法達成出版的願望，金門縣文化局可以說是一位可敬的貴人，在此藉本書一角一併致謝。

語言文學類　ZG0091

# 悠悠浯江水

作　　　者 / 王振漢
責任編輯 / 蔡曉雯
校　　　對 / 歐陽麗棉
圖文排版 / 王思敏
封面設計 / 蔡瑋中

贊助單位 / 金門縣文化局
出 版 者 / 王振漢
法律顧問 / 毛國樑　律師
製作發行 / 秀威資訊科技股份有限公司
　　　　　114臺北市內湖區瑞光路76巷65號1樓
　　　　　電話：+886-2-2796-3638　傳真：+886-2-2796-1377
　　　　　http://www.showwe.com.tw
劃撥帳號 / 19563868　戶名：秀威資訊科技股份有限公司
　　　　　讀者服務信箱：service@showwe.com.tw
展售門市 / 國家書店（松江門市）
　　　　　104臺北市中山區松江路209號1樓
　　　　　電話：+886-2-2518-0207　傳真：+886-2-2518-0778
網路訂購 / 秀威網路書店：http://www.bodbooks.com.tw
　　　　　國家網路書店：http://www.govbooks.com.tw
圖書經銷 / 紅螞蟻圖書有限公司
　　　　　114臺北市內湖區舊宗路二段121巷28、32號4樓
　　　　　電話：+886-2-2795-3656　傳真：+886-2-2795-4100

2012年7月BOD一版
定價：350元

## 國家圖書館出版品預行編目

悠悠浯江水 / 王振漢作. -- 一版. -- 金門縣金城鎮：
王振漢, 2012. 07
　　面；　公分. -- (語言文學類 ; ZG0091)
BOD版
ISBN 978-957-41-9262-5(平裝)

848.6                                           101012171

# 讀 者 回 函 卡

感謝您購買本書,為提升服務品質,請填妥以下資料,將讀者回函卡直接寄回或傳真本公司,收到您的寶貴意見後,我們會收藏記錄及檢討,謝謝!
如您需要了解本公司最新出版書目、購書優惠或企劃活動,歡迎您上網查詢或下載相關資料:http:// www.showwe.com.tw

您購買的書名:_____

出生日期:_____年_____月_____日

學歷:☐高中 (含) 以下　☐大專　☐研究所 (含) 以上

職業:☐製造業　☐金融業　☐資訊業　☐軍警　☐傳播業　☐自由業
　　　☐服務業　☐公務員　☐教職　☐學生　☐家管　☐其它_____

購書地點:☐網路書店　☐實體書店　☐書展　☐郵購　☐贈閱　☐其他

您從何得知本書的消息?

　☐網路書店　☐實體書店　☐網路搜尋　☐電子報　☐書訊　☐雜誌
　☐傳播媒體　☐親友推薦　☐網站推薦　☐部落格　☐其他_____

您對本書的評價:(請填代號　1.非常滿意　2.滿意　3.尚可　4.再改進)

　封面設計____　版面編排____　內容____　文/譯筆____　價格____

讀完書後您覺得:

　☐很有收穫　☐有收穫　☐收穫不多　☐沒收穫

對我們的建議:_____

_____

_____

11466

台北市內湖區瑞光路 76 巷 65 號 1 樓

**秀威資訊科技股份有限公司**　　　收

BOD 數位出版事業部

⋯⋯⋯⋯⋯⋯⋯⋯⋯⋯⋯⋯⋯⋯⋯⋯⋯⋯⋯⋯⋯⋯⋯⋯⋯⋯⋯⋯⋯

（請沿線對折寄回，謝謝！）

姓　　名：＿＿＿＿＿＿＿＿＿　年齡：＿＿＿＿　性別：□女　□男

郵遞區號：□□□□□

地　　址：＿＿＿＿＿＿＿＿＿＿＿＿＿＿＿＿＿＿＿＿＿＿＿＿＿＿＿＿

聯絡電話：(日) ＿＿＿＿＿＿＿＿＿＿＿ (夜) ＿＿＿＿＿＿＿＿＿＿＿＿

E-mail：＿＿＿＿＿＿＿＿＿＿＿＿＿＿＿＿＿＿＿＿＿＿＿＿＿＿＿＿